지지 마,
당신

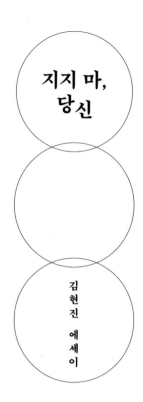

지지 마,
당신

김
현
진

에
세
이

루아크
RUACH

이 책은 〈조선일보〉에 연재된 에세이를 다듬어 묶은 것이다. 20여 년 전 나는 아버지가 〈조선일보〉를 구독하지 못하게 하려고 자해 액션까지 선보인 적이 있다. 그랬던 내가 〈조선일보〉에 글을 싣는 이해할 수 없는 일을 벌인 것이다. 이런 내 행보에 의아해할 분들이 있겠지만, 이야기를 조금만 더 들어주시길.

칼럼니스트이자 소설가 고종석 님은 언젠가 술자리에서 "우리가 안티조선운동 하느라 애들 밥줄 다 끊었다, 애들아

조중동에서 원고 청탁 들어오면 다 써라" 하고 외쳤지만, 그때는 이미 〈한겨레〉나 〈경향신문〉에 글을 쓰는 나와 '조중동'에 글을 쓰는 이들 사이에 건널 수 없는 강이 조용히 흐르고 있었다.

그러다 지난 2015년, 라종일 선생님과 내가 펴낸 서간집 《가장 사소한 구원》 출간기념회에 유일하게 〈조선일보〉 기자가 참석했다. 그 유명한 문학기자 어수웅 님이었으니 감사한 마음이 들어 이메일로 짧게 인사를 드렸고, 이런저런 일들을 거쳐 기자님은 내게 〈조선일보〉에 서평을 써 보지 않겠느냐는 제안을 주셨다. 종편 출연도 일체 거절할 정도였으니 나는 웃으며 사양했다. 마침 그즈음 내가 진행하던 팟캐스트에서는 세월호 유가족을 인터뷰했는데, 유민 아빠 김영오 님을 비롯해 광화문광장에서 농성하던 분들은 언론에서 유가족의 목소리를 똑바로 다뤄주지 않는다며 고충을 토로했다. 자신들이 하고 싶은 이야기를 큰 신문에서 왜곡하지 않고 그대로 실어준다면 얼마나 좋겠느냐고 가슴을 치기도 했다. 그분들의 모습은 내 마음을 뒤흔들었고, 나는 기자님께 무슨 책이든 해도 되느냐고 여쭌 뒤 세월호 유가족의 육성기록인 《금요일엔 돌아오렴》을 골랐다. 가장 많은 사람이 본다는 신문이

서러운 유가족의 목소리를 다뤄준다면 광화문광장에서
눈물을 흘리던 이들의 마음에 조금이나마 위로가 될 것
같았다. 그럴 수만 있다면 내 소신이야 얼마든 꺾을 수
있겠다 싶었다.

아니나 다를까 데스크에서는 내 글에 '빠꾸'를
놓았다. 기자님은 다른 책으로 해볼 수 있지 않겠느냐,
〈조선일보〉 독자들도 내 글을 볼 기회가 있었으면 좋겠다고
간곡히 말씀하셨지만 나는 그저 웃으며 기자님도 어서
출세하시라고, 기자님이 데스크가 되면 그때 기꺼이
하겠다고 답했다. 그렇게 모든 게 끝난 줄 알았다.

그런데, 어수웅 기자님은 내 생각보다 빨리 데스크가
되었고, 내게 약속을 지켜달라 하셨다.

그래서, 이 책은 내가 약속을 지킬 수밖에 없었던
증거물이다.

아울러 내가 사랑했던 것들에 대한 기록이기도 하다.
거친 삶에서 마음에 흠집이 날 때마다 기대어 크고 작은
위로를 얻은 이야기들이 독자 여러분을 찾아가 자그마한
위안이라도 된다면 더 바랄 것이 없겠다.

세상이 나를 패퇴시키려 할 때마다 지지 않도록 나를 지켜주었던 사랑하는 당신, 지지 말기를.

계절을 잊고 사시사철 피는 꽃처럼 부디 지지 말기를.

김현진

4장

삶을,
건너는 법

1장

방울방울 떠오르는
추억 속으로

사람들은 명랑하고 쾌활한 사람이면 우울함과 거리가
멀 것이라고 흔히 생각한다. 수다스럽고 활기차면서 이
세상에 대한 관심이 넘치는 이들, 이를테면 '빨간 머리 앤'
같은 이들 말이다. 앤은 인생에서 계 탄 격으로 매튜와
마릴라 남매와 함께 생활할 수 있게 되었지만, 그전까지
그의 삶은 '아동학대'에 가까웠다. 빅토리아시대에는
아이들을 어른이 되기 전의 미성숙한 존재로 대했다.
그래서 성인이 될 때까지는 인간 이하의 취급을 했다고
한다. '어린이'라는 개념이 그리 오래된 것이 아닌 참에 앤은

지금이라면 유엔아동권리협약에 제대로 위배될 가혹한 노동에 시달리며 지냈다. 앤의 부모는 마음은 착하지만 몸이 약해 앤이 밝고 사랑스러운 소녀로 크는 것을 보지 못한 채 나란히 숨을 거둔다.

앤은 여러 집을 전전하다 겨우 초록지붕 집에 정착하게 되는데 그만 가슴이 찢어지는 불행이 닥친다. 태어나 처음 갖게 된 사랑하는 친구 다이애나에게 주스인 줄 알고 실수로 포도주를 먹인 것이다. 다이애나의 어머니 발리 부인은 다시는 자기 딸과 놀 수 없다며 둘을 떼어놓는다. 외톨이 앤에게는 절망에 가까운 선언이었다.

앤이 다이애나와 다시 친구가 될 수 있었던 것은 아이러니하게도 가혹한 아동노동에서 익힌 지식 덕분이었다. 열두 살 소녀 앤은 쌍둥이를 포함해 갓난아기를 돌본 경험이 웬만한 어른 뺨치게 풍부했다. 앤은 다이애나의 부모님이 집을 비운 밤, 병에 걸린 다이애나의 동생을 구해낼 민간 처치법을 알고 있었다. 밤새 끈덕지게 간호해 위험한 상황에 있던 아이를 살려낸다. 발리 부인이 자기 딸과 앤이 다시 만날 수 있도록 허락한 건 당연한 일이다.

우리에게는 일본 애니메이션으로 본 맑고 밝은 모습의

앤이 익숙하지만, 2017년 넷플릭스에서 방영된 자체 제작 드라마 〈빨간 머리 앤〉은 '그 앤은 나의 앤이 아니다'라는 까칠한 반응을 많이 불러왔다.

　　부모를 잃고 아동학대적 환경에서 자랐으며 다른 사람과 관계를 가져본 적이 없어 처음 만난 친구에게 집착하는, 그리고 끊임없이 무언가를 이야기해대는 소녀는 약간 섬뜩한 데가 있다. 혹시 병으로 죽기라도 했다간 즉시 유령이 되어 누군가를 찾아 끊임없이 헤맬 타입이다. 넷플릭스 드라마 〈빨간 머리 앤〉에서 앤은 정말 잠시도 쉬지 않고 셰익스피어적인 말투로 떠들기를 그치지 않는다. 앤이 진짜로 현실에 있다면 청소년 조울증, 가혹한 노동으로 인한 외상후스트레스장애, ADHD(주의력결핍 과다행동장애) 진단을 받았을지도 모른다.

　　마릴라 아줌마가 앤을 자립한 지성인으로 키우기 위해 린드 부인과 살림을 합치면서까지 큰돈을 마련해 교육을 시키려 했지만 앤은 기껏 양부모의 희생으로 고등교육 받은 것을 활용한다거나 일을 해서 마릴라 아줌마에게 신세를 갚는다거나 하지 않았다. 길버트가 의사 자격을 따자마자 바로 결혼해 전업주부로 생활하면서 취미 겸 특기로 다른 사람 중매 맺어주는 것이 앤의 주된 일과이자 특기였으니,

나는 이러려고 멀쩡한 집안을 들어먹었느냐고 앤 시리즈를 독파하다 툭하면 툴툴거렸다. 애초에 매튜와 마릴라 아줌마가 원했던 농장 일을 도울 남자아이가 왔더라면 초록 지붕 집은 평온했을 것이다.

하지만 이내 앤을 욕할 수 없는 시간이 찾아왔다. 길버트 사이에서 첫 아이를 임신해 아이 만날 시간을 너무나 기다리지만, 해산한 뒤 처음 마주한 조그만 아이는 이내 숨이 멎고 만다. 그렇게 첫아이를 잃고 정원 나무 밑에 묻은 일을 앤은 평생 잊지 못한다.

그때는 누구나 그랬는지 앤은 아이를 서넛 더 낳는다. 그중 앤이 가장 사랑했고 앤을 가장 닮은 아이는 둘째아들 월터다. 월터는 시인이자 화가로 앤의 섬세한 감수성을 그대로 빼다박았다. 대학에 다니며 장래에 어떤 일을 할지 고민하는데, 이때 제1차 세계대전이 발발한다. 큰아들 젬은 씩씩하게 입대하고, 감수성이 예민해 사람 죽이는 무기 잡는 것조차 생각할 수 없었던 둘째아들 월터는 입대를 피한다. 그런데 대학에서 그에게 무명의 편지들이 날아든다. 내용은 '비겁자' '겁쟁이'. 그 편지 때문은 아니지만 마침내 월터는 자신에게 정직하기 위해 입대하고, 결국 살아서 돌아오지 못한다. 젬은 집으로 돌아오지만 다리 하나를 잃은 채다. 열다섯 막내딸 릴라의 혼처를 구하면서 앤 시리즈는 끝이 나지만, 앤의 심장에는 잊을 수 없는 아픔이 몇 개나 박혀 있다. 이후 앤의 삶은 어땠을까.

〈빨간 머리 앤〉의 어머니인 원작자 루시 모드 몽고메리는 1942년 4월 24일 캐나다 토론토에서 숨졌다. 사인은 관상동맥혈전증으로 알려졌다. 늦은 나이에 결혼했는데 행실이 나빴던 아들 때문에 견딜 수 없는 고통을 겪었다는 뒷얘기가 있다. 몽고메리의 죽음에도 어두운 그늘이 있었던 것이다. 앤의 탄생 100주년을 맞은 2008년, 원작자의 손녀인 케이트 맥도널드 버틀러는 루시 모드 몽고메리의 죽음이 자살이었음을 밝혔다. 우울증 환자에 대한 고통 인식의 제고를 위해 가족의 비밀을 공개한 것이다. 루시 모드 몽고메리는 "나는 견딜 수 없을 정도로 힘들지만, 아무도 그것을 깨닫지 못한다. 많은 실수에도 항상 최선을 다하려고 노력했다"라는 마지막 메모를 남겼다. 남을 중매 맺어주는 것을 좋아하고 남편에게 늘 '앤 아가씨'로 불린 빨간 머리 앤, 블라이스 부인의 말년은 행복하고 평온했을까. 나무 밑에 묻은 첫딸과 시신도 찾지 못한 둘째아들의 그늘이 쉽게 떨어져나갔으리라 보기는 어려운 노릇이다.

흔히 우울증을 마음의 감기라고 말하지만, 나는 적어도 그놈이 마음의 독감 정도는 충분히 된다고 생각한다. 감기처럼 쉽게 떨어져나가는 것이 아니다. 놈은 악마다. 그리고 우리의 어디가 가장 약한지, 어디가 가장 고통스러운지를 잘 알고 있고 놈을 떨치지 못하는 우리를 스스로 저주하게 하는 강대한 힘을 지녔다. 빨간 머리 앤만이 아니라 〈에밀리〉처럼 당대 매우 진보적이고 강인하고 씩씩한 여성상을 그려낸 루시 모드 몽고메리 같은 이도 마음에 숨어든 악마를 떨쳐내지 못해 결국 자살로 삶을 마감했다는 것은 끔찍한 일이다. 명랑하고 쾌활한 사람, 강인한 사람이라고 해서 우울증이라는 악마를 쉽게 떼어낼 수 있는 건 아니다. 앤은 우리가 알지 못하는 어떤 고통을 통과했을까. 애니메이션 앤의 아버지 다카하타 이사오 감독은 2018년 봄 별세했다. 마침 앤의 탄생 110주년이었다. 오랫동안 우울증으로 고통받은 뒤에야 나는 비로소 앤과 진짜 친구가 될 수 있었다. 친근한 그 악마가 찾아올 때마다 마음속 앤에게 속삭인다. 우리 지지 말자. 절대 지지 말자고.

추위를 싫어하는
펭귄 파블로야,
잘 지내고 있니?

외동으로 태어났다는 건 혼자 보낸 시간이 많다는
의미다. 뛰어놀다가도 형, 언니, 동생이 있는 친구들과는
해만 지면 헤어져야 했다. 혼자 자라는 외동딸이 딱해
보였는지, 글을 빨리 익히길 바라셨는지 돌아가신 아빠는
알아듣지도 못할 갓난아이에게 늘 책을 읽어주셨다. 덕분에
한글을 빨리 깨쳤다. 가난하고 바쁜 전도사였던 아빠와
목회를 돕는 엄마 대신 책들이 그 빈자리를 채워주었다.
서너 살짜리 어린아이가 혼자 나갈까 싶어 부모님이 밖에서
문을 잠근 채 외출하면 "엄마, 아빠, 가지 마" "나랑 놀아"

"혼자 있기 싫어" 이런 말 대신 책장으로 다가가 책에 나오는 친구들과 노느라 바빴다.

그때 가장 좋아하며 읽었던 책들은 디즈니 만화 주인공이 나오는 동화 전집이었다. 그중 제일 애착이 갔던 이야기들은 아직도 내 가슴속에 남아 스산한 겨울날의 호빵처럼 마음을 덥혀준다. 하나는 펭귄 이야기다. 〈추위를 싫어한 펭귄〉이라는 작품을 나만 좋아하는 줄 알았는데, 장강명 작가의 소설 《한국이 싫어서》에 나오는 것을 보고 괜히 친근감을 느꼈다.

배경은 남극. 펭귄들은 눈썰매도 실컷 타고 모래찜질처럼 눈찜질도 하면서 얼음을 한껏 즐긴다. 하지만 추운 게 싫은 펭귄 파블로는 털장갑과 털모자를 쓰고 이글루 안에 깡통 난로를 들여놓고 몸을 녹이는 데 여념이 없다. 춥지 않은 곳으로 가야겠다 싶어 온몸에 따뜻한 고무주머니를 단 채 따뜻한 나라를 향해 떠나지만, 뜨거워진 고무주머니가 얼음을 녹여 얼음 속으로 빠져 들어가 그만 꽁꽁 얼고 만다. 친구들은 네모난 얼음 덩어리가 되어버린 파블로를 영차영차 떠메고 집으로 돌아온다. 이렇게 포기하기에는 추위가 너무 싫었던 파블로는 대담한 방도를 생각해낸다. 톱으로 이글루 바닥

얼음을 오각형으로 잘라 작은 배를 만든 것이다. 친구들과
작별 인사를 하고 파블로는 항해를 시작한다. 얼음 배는
따뜻한 곳으로 향하는데, 생각지 못한 문제가 닥쳐온다.
얼음이 녹기 시작한 것이다. 어쩔 줄 몰라 하던 파블로는
얼음이 다 녹아버리려는 순간 잽싸게 욕조에 올라타고,
욕조 배수구에 샤워 헤드를 꽂아 동력으로 삼는다.
모터보트처럼 샤워 헤드로 물을 뿜으며 얼마를 갔을까,
드디어 야자수와 바나나 나무가 보인다. 욕조에서 뛰어내린
파블로는 바나나를 하나 따 먹으며 모래사장을 걷는다.
그동안 칭칭 감고 있던 털모자와 목도리, 털장갑은 이제
안녕이다. 답답한 보온용품에서 벗어난 파블로는 야자수에
해먹을 달아 햇빛을 즐기고, 거북이는 등에 칵테일을
실어다 준다. 동화는 이렇게 끝난다.

"이젠 다시 춥지 않을 거예요."

파블로가 이렇게 말하는 장면에서 어린 나는 왠지
코끝이 찡했다. 다 잘됐는데 왜 그랬을까.

다른 동화 〈늙은 나귀 좀생이〉를 보면서는 엉엉 울고
말았다. 가난한 집에 착한 소년이 살았는데 그 집에서
기르던 늙은 나귀는 소년의 가장 친한 친구다. 좀생이라는
이름의 나귀는 너무나 착하고 얌전하며, 소년을 무척

사랑한다. 그러나 이 우정에 위기가 닥치는데, 가난한 살림 때문에 좀생이를 시장에 내다 팔아 돈으로 바꿔 오라는 엄마의 엄명이 떨어진 것이다. 아무리 항의해봐도 엄마는 너무나 크고 무섭다. 좀생이 고삐를 쥐고 시장으로 향하는 소년의 발걸음은 느리기만 한데, 결국 시끄럽고 무서운 시장에 도착하고야 만다. 어른들은 짓궂다.

"이 나귀 팔러 온 거냐?"

뚱뚱한 상인 아저씨가 초라한 좀생이를 보면서 껄껄 웃는다.

"이 나귀를 팔겠다고? 얼마나 좋은 나귀인지 볼까?"

늙어서 약하고 힘이 없는 데다 체구가 작은 좀생이를 시험해보겠다며 뚱뚱한 아저씨가 장난으로 좀생이 위에 올라탄다. 좀생이는 겁을 집어먹는데, 시장 어른들은 그런 좀생이와 소년을 둘러싸고 껄껄 웃기만 한다. 힘없고 늙은 좀생이를 사려는 사람은 하나도 없다. 그런 좀생이를 데리고 헤매는데 무두질 장인이 "그 나귀 팔 거냐?" 하고 묻는다. 좋은 주인이 나타났나 싶어 반가운 것도 잠시, 무두질 장인은 좀생이의 가죽 색이 독특하다며 가죽을 벗겨 좀생이를 팔라고 한다. 소년은 좀생이를 데리고 뛰어서 달아난다.

그때 젊고 선량해 보이는 청년이 다가온다.

"아이야, 임신한 아내가 타야 해서 얌전한 나귀가
필요한데 혹시 파는 나귀니?"

청년의 얼굴은 맑고, 배가 산만 한 아내는 착하고
앳되어 보인다. 소년은 벌떡 일어난다. 강제로 좀생이에게
올라타려는 사람이나, 죽여서 가죽을 벗기려는 사람에게
넘기지 않아도 된다. 좀생이는 늙고 힘이 없어 걸음걸이가
조심스럽지만, 곧 출산을 앞둔 젊은 여인에게는 그런
좀생이가 맞춤이다. 소년은 기뻐하며 좀생이와 작별한다.
젊은 부부는 천천히 길을 재촉하고, 소년은 손을 흔든다.
청년 이름은 요셉이고, 젊은 아내 이름은 마리아다. 두
사람은 '모든 이스라엘 사람은 제 고향에 모여 호적 정리를
하라'는 나라의 명령 때문에 베들레헴으로 가는 길이었다.
좀생이는 제 등에 구세주가 될 아이를 태웠다는 사실을
모른다. 소년도 알지 못한다. 그저 좀생이가 죽지 않아도
되니 기뻐할 뿐이다.

나는 이 동화를 읽고 나서 눈물을 뚝뚝 흘렸는데,
도대체 왜 울었는지는 모르겠다. 지금도 늙은 나귀
좀생이를 떠올리면 가슴 한쪽이 찌르르 울린다. 아마 이건
동화일 뿐이고, 실제로 이런 일이 일어났다면 좀생이는

노란 가죽이 괜찮아 보인다며 순식간에 죽임을 당해
가죽이 벗겨졌을 거라는 현실적인 생각을 했던 것도 같다.
그래서 동화는 어른들이 아이들에게 하는 거짓말이라고
생각했다. 〈추위를 싫어한 펭귄〉의 파블로도 마찬가지다.
펭귄이 추위를 싫어한다면 도태밖에 더 되겠는가. 네모난
얼음 기둥이 되어버린 파블로를 친구 펭귄들이 지고 올 때
파블로는 아마 죽었을 거다 싶었다. 친구 펭귄들처럼 스키와
스케이트를 즐기지도 않고, 온몸을 꽁꽁 감싸고 난로를
떠나지 못하는 펭귄이 남극에서 살아남을 수나 있었을까.

　이 두 친구 때문에 어려서부터 내 취향은 '지는 편'에
고정되어버린 것 같다. 마치 돈키호테처럼 여러 사람과
어울리지 못하고, 이루어질 수 없는 것을 믿고, 희망이
사라져갈 때도 희망을 잃지 않으며, 질 것을 알면서도
나아가고, 꿈꿀 수 없는 것을 꿈꾸는 사람들….

　안녕, 파블로. 잘 지내니, 좀생이.

은박지에 싼
버찌씨 여섯 개로
사탕값을 치렀다

중학교 때 교과서에서 〈이해의 선물〉이라는 짧은
소설을 본 적이 있다. 폴 빌라드 작품으로 "위그든 씨의
사탕가게"라는 제목으로도 잘 알려져 있는 이 소설의
주인공은 네 살배기 소년이다. 소년은 위그든 씨의
사탕가게에 발을 들여놓은 순간 알록달록한 사탕의 모습과
향내에 흠뻑 취해 천국에 온 것처럼 황홀경에 빠진다.
그 달콤한 순간의 기억은 소년이 자라 중년이 된 오십 년
뒤에도 뚜렷하게 환상적으로 남아 있다. 희고 고운 백발의
위그든 씨는 적극적으로 영업하는 사람이 아니었다. 손님이

올 때마다 방울이 울리면 그저 카운터 뒤에 조용히 나타나서 있기만 했다. 소년은 위그든 씨의 사탕가게에 올 때마다 괴로울 지경이었다. 그토록 마음을 사로잡는 맛있는 것이 사방에 펼쳐져 있으니! 그중 하나를 골라야 한다는 게 소년에게는 고문이었다. 머릿속으로 한참 맛을 상상해보지 않고는 선택이 불가능했다. 고른 사탕을 위그든 씨가 포장해줄 때마다 소년에게는 아쉬움과 괴로움이 교차했다. '다른 사탕을 고를 걸 그랬나?' '더 맛있는 게 있으려나?' '더 오래 먹을 수 있는 게 있을까?' 하지만 이미 사탕을 산 다음이었다. 말 없는 위그든 씨는 손님이 고른 사탕을 하얀 봉지에 넣은 다음 말없이 잠깐 기다리는 버릇이 있었다. 손님이 사탕값을 치르면 비로소 사탕을 건네고, 짧은 거래는 끝이 나는 것이었다. 소년에게는 다행인지 불행인지 전차에서 내려 집으로 갈 때 언제나 위그든 씨의 사탕가게를 지나쳐야 했다.

그날도 어머니와 함께 집으로 가는 길에 위그든 씨의 사탕가게에 들렀다. 어머니가 위그든 씨와 잠시 담소하는 동안, 소년은 커다란 유리 진열장 앞에서 그야말로 정신을 놓고 사탕과 과자를 보고 있었다. 소년을 위해 사탕 몇 개를 고른 어머니는 위그든 씨에게 사탕값을 치렀다. 어머니는 매주 한두 번 시내에 나갔는데 아이를 봐줄 사람이 없어 언제나 소년과 동행했다. 그러다 보니 돌아오는 길에 위그든 씨 사탕가게에 들르는 것이 습관처럼 되었고, 어머니는 소년이 먹고 싶은 사탕을 직접 고르게 해주었다. 그런데 이 소년은 아직 너무 어려서 '돈'이라는 것에 대해 전혀 알지 못했다. 어머니가 상인들에게 뭔가를 주면 상인들이 물건을 내주는 것을 보고, 그것이 사고파는 행위라고 나름대로 이해했을 뿐이다.

어느 날 소년은 커다란 모험을 준비한다. 한 번도 혼자 가본 적 없는 위그든 씨의 사탕가게로 출정을 떠난 것이다. 고생 끝에 도착해 위그든 씨의 사탕가게 문을 열자 '짤랑' 하고 종소리가 났다. 소년은 쿵쿵대는 마음을 조심스레 누르며 진열대를 보았다. 이쪽에는 납작한 박하사탕, 저쪽에는 초콜릿 알사탕, 그 뒤에는 뺨이 불룩해질 정도로 커다란 눈깔사탕, 설탕을 입힌 땅콩, 오랫동안 입안에서 녹여 먹을 수 있는 감초 과자…. 모두가 어린 소년의 마음을 매혹했다. 실컷 먹을 수 있을 정도로 잔뜩 골라 계산대에 올려놓자, 위그든 씨는 꼬마가 혼자 와서 사탕을 잔뜩 사는 게 흔한 일은 아니다 보니 소년에게 이만큼 살 돈이 있는지 물었다. 소년은 돈이 있다고 자신 있게 대답하고,

위그든 씨 손에 은박지로 정성스럽게 싼 버찌씨 여섯 개를 조심스레 건넨다. 위그든 씨가 머뭇거리는 것을 보고 소년은 근심스럽게 모자라느냐고 묻는다. 위그든 씨는 한숨을 쉬고는 말한다.

"돈이 좀 남는구나. 거슬러주어야겠는데….."

소년은 영문을 모르지만, 위그든 씨는 금고를 열어 소년에게 2센트를 내어준다. 나중에 소년이 두 블록이나 되는 거리를 혼자 걸어가 위그든 씨 가게에 다녀왔다는 사실을 안 소년의 어머니는 소년을 매우 꾸중했지만, 돈이 어디서 났는지는 묻지 않았다. 단, 다시는 허락 없이 사탕가게에 가서는 안 되었다. 소년은 얌전히 어머니 말을 들었는데, 다시 버찌씨로 계산한 기억이 없는 것으로 보아 어머니가 조금씩 사탕값을 주었으리라고 생각했다. 곧 동부로 이사를 가게 되어 소년은 이 일을 금세 잊었다. 거기서 소년은 어른이 되었고 자신만의 가정도 꾸렸다. 그리고 아내와 외국산 열대어 파는 장사를 시작했다. 한 쌍에 5달러 이하는 없을 만큼 비쌌는데, 어느 날 예닐곱 살 정도 되는 남자아이 하나가 누이를 데리고 왔다. 아름다운 열대어들을 본 소년은 물고기를 사겠다며 자신 있게 돈은 얼마든지 있다고 이야기한다. 소년이 고른 물고기를 건네주자 소년은 조심스럽게 5센트짜리 백동화 두 개와 10센트짜리 은화 한 개를 내놓았다. 그 순간 소년, 아니 열대어가게 주인은 먼 옛날 위그든 씨를 떠올렸다. 그러고는 그 역시 돈이 남는다며 2센트를 건넸다. 한참 멀어져가는 남매를 바라보고 있는데, 아내가 도대체 30달러어치나 되는 물고기를 왜 주었느냐고 묻는다. 그는 위그든 씨 이야기를 들려준다. 그러고는 어항을 닦으면서 위그든 씨의 나지막한 웃음소리를 듣는다.

반 친구들은 모두 이 이야기를 좋아했다. 나만 빼고! 친구들은 물었다.

"이 감동적인 이야기에 뭐가 문제야?"

나는 대답했다.

"위그든 씨는 파산했을걸."

"왜 파산해?"

"생각해봐. 당장 다음 날부터 저 가게는 먹다 뱉은 버쩌씨를 사탕이랑 바꿔준다고 애들 사이에 소문이 쫙 났겠지! 분명히 먹고 남은 버쩌씨니 숲에서 주운 도토리니 하는 것들을 가지고 애들이 저 물러터진 위그든 씨에게 몰려갔을 거라고. 그리고 온갖 최고급 사탕을 잔뜩 고른 다음 위그든 씨에게 '돈'을 내놓았겠지. 그리고 왜 잔돈을

거슬러주지 않느냐고 따졌을 거라고. 그 사탕가게가
오래갔을 것 같아? 주인공이 위그든 씨를 파산시킨 거나
마찬가지라고! 착한 위그든 씨는 낙엽 몇 장이니 데이지꽃
몇 송이니 하는 걸로 사탕값을 치르려는 아이들과,
다른 아이는 버찌씨를 받고 사탕을 주면서 우리 아이가
가져온 조개껍데기로는 왜 사탕을 주지 않느냐는 뻔뻔한
부모들에게 시달렸을 거야. 그리고 결국 사탕가게를 닫을
수밖에 없었겠지! 마지막에 주인공에게 들려온 위그든 씨의
나지막한 웃음소리는 이런 거야. 너도 당해봐라!"

　　나는 여전히 위그든 씨의 노후가 걱정된다. 이 이야기를
좋아하는 친구들은 나를 '추억 파괴자'라고 비난했다.
가끔 세파가 나를 할퀴고 지나가면, 나는 위그든 씨의
사탕가게를 생각한다. 부디 그 사탕가게가 망하지 않았기를.
가끔 꿈속에서 나는 사탕을 사러 간다. 그 꿈에서는
아몬드 초콜릿, 파베 초콜릿, 화이트 초콜릿이 진열대 위에
놓여 있다. 그리고 누군가의 웃음소리와 함께 속삭임이
들려온다. 아직 먹어 보지 못한 초콜릿과 사탕이 많으니 더
열심히 살아보자고.

'캔디'의 머리를
밀어버린, 1980년대
파름문고의 추억

　　잠시라도 한눈을 팔면 미친 말처럼 소동을 일으키는
괄괄한 성격의 아이였던 나는 읽을거리를 쥐여주면 금세
얌전해졌다. 목회를 하는 부모님이 심방 등으로 오래 집을
비울 때면 더욱 책에 매달렸다. 그러다 보니 또래 친구들이
보는 그림책은 성에 차지 않았다. 어린이 잡지를 볼 때도
애들용 콘텐츠는 얼른 넘겨버리고 권말에 실린 글씨가 많은
코너, 그러니까 부모님이 전문가를 상대로 아이 문제를
상담하는 빽빽한 글 같은 것을 아주 만족스럽게 읽곤
했다. 그렇게 활자 중독의 길로 일찌감치 접어들면서 한참

앞 세대가 즐기는 문화를 경험할 수 있었다. 취학 전부터 열 살 가까이 차이가 나는 사촌 언니들이 즐기는 책을 살그머니 읽었다. 언니들 책장에는 당시 소녀들 사이에서 붐을 일으켰던 '괴작', 동광출판사의 일명 '파름문고 시리즈'가 꽂혀 있었다. '주니어 소설'이라는 캐치프레이즈의 파름문고는 포켓북처럼 책 사이즈는 작으면서 가로가 짧고 세로는 길었다. 당시로서는 감각적인 판형인데다 모딜리아니를 연상케 하는 목이 길고 추상적이면서 로맨틱한 초상이 실린 표지 디자인이 1980년대 소녀들에게 큰 인기를 끌었다. 그런데 이 파름문고 시리즈가 괴작이었던 것은 당시 황무지나 다름없던 저작권 문제를 희한하게 이용했기 때문이다. 그때는 일본과 문화 교류가 없다시피 했으므로 일본의 명작 순정만화들이 국내에 정식으로 소개되기 전이었다. 파름문고는 바로 이 틈새를 파고들었다. 일본에서 큰 인기를 끈 만화를 어설픈 솜씨로 소설로 개작했고, 그것도 모자라 작가의 프로필을 날조해 실었으며, 완결되지 않은 만화는 자신들 멋대로 결말을 만들어 출간했다. 한마디로 인기 만화는 원래 원작 소설이 있는데, 자신들이 출간하는 것은 그 만화의 원작 소설이라는 엉터리 주장이었다.

이를테면 이케다 리요코의 《베르사유의 장미》를 소설판으로 출간하면서 '마리 스테판하이트'라는 유럽의 여학생기숙학교 원장을 맡고 있는 가상의 작가 소개를 싣는 식이었다. 이케다 리요코가 큰 영향을 받은 전기 《마리 앙투아네트》의 작가 슈테판 츠바이크의 이름을 대강 짜깁기해 붙인 이름인 셈인데, 21세기 초까지 파름문고에 속았던 독자들이 《베르사유의 장미》의 원작자는 마리 스테판하이트라고 웹에서 논쟁을 벌인 일이 적지 않았으니, 웃을 수도 울 수도 없는 일이었다. 1970년대에 시작해 아직도 완결되지 않은 것으로 악명이 높은 《유리가면》은 평범하지만 연기에 재능과 집념을 가진 요코하마의 소녀 '마야'가 연극 표를 얻기 위해 혼자서 해넘이 국수를 배달하는 등의 배경을 가졌는데, 파름문고는 이 배경을 아예 프랑스로 바꿔버렸다. 그래서 마야 대신 '조앙'이라는 소녀가 요코하마 대신 르아브르항에 산다. 일본의 연말 전통인 해넘이 국수는 카레 우동으로 변신하고 여기에 '이 지역의 경우 한 해 마지막에 카레 우동을 먹는 습관이 있다'는 구차스러운 설정이 덧붙었다. 호소카와 치에코의 대작 순정만화 《왕가의 문장》은 20세기의 고고학도 소녀 캐롤이 고대 이집트로 타임워프되어 현대의 지식을 갖춘

덕에 여신으로 숭배받으며 파라오와 사랑에 빠진다는 내용이다. 이 작품은 연로한 모친을 위해 딸이 펜을 잡아 모녀의 공동 작업으로《유리가면》처럼 지금까지 연재가 계속되고 있다. 그러거나 말거나 파름문고 측에서는 책을 팔기 위해 완결을 내야 했고, 연적의 복수로 캐롤과 파라오가 바위에 깔려 죽는다는 꽤 찝찝한 엔딩을 창조했다. 파름문고의 만용은 이 정도가 아니라 이《왕가의 문장》을《나일강의 소녀》로 개작하면서 역자 후기에 "이 훌륭하고 감동적인 소설을 일본에서 만화판으로 어설프고 조악하게 소개한 것을 보니 우리 십대들에게 고대 이집트에 대한 바른 지식과 순수한 사랑을 제대로 소개하고 싶었다"고 밝힌다. 입에 침이나 바르고 거짓말을 한 것인지, 번역가 역시 출판사 측에 속은 것인지는 알 수가 없다.

특히 이 역자는 파름문고의 여러 작품에 관여했는데, 그가 참여한 작품에는 책 날개에 베레모와 파이프 담배를 문 사진이 실려 있었다. 훗날 당연히 유령 작가겠거니 하고 검색해보니 어엿하게 문인협회에 소속된 등단 작가일 뿐 아니라 전문 번역가라는 사실을 알게 되어 경악했다. 특히(이 사람을 S씨라 하자) S씨가 손댄 작품은 너무나 티가 났는데, 늘 반복되어 쓰이는 문장이 있었기 때문이다.

"아… 사랑할 꺼나…"

"희여서 외로운 손가락이 바르르 떨고 있었다"

"아아, 첫사랑은 레몬 츄리처럼 먹을 수 없는
것이었던가…"

그의 역서에는 이런 구절이 빠진 일이 없어서 아,
S씨, 하고 바로 알아볼 수 있었다. 게다가 S씨는 당시
소녀들에게 큰 인기를 끌었던 《캔디 캔디》의 후속작
《미시즈 캔디》를 임의로 집필해 출간했는데, "착한 캔디가
행복해지는 것을 보여주어야 하지 않겠느냐며 소녀들이
자신을 매일 닦달하고 다그쳐서 어쩔 수 없이 썼다"고
구구절절 호소했다. 이 후속작도 희한한 것이 고아인
캔디를 명문 아드레이가의 양녀로 받아들인 아드레이
대공과 동일 인물이었던 앨버트 씨가 캔디와 결혼하려고
하자, 에를로이 할머니가 결혼을 저지하려다 '옳지! 머리를
박박 깎으면 면사포를 못 쓰겠지'라고 생각하고는 캔디의
머리를 밀어버린다. 내 트친(트위터 친구)의 말대로라면, 일본
작가가 그린 미국 배경의 미국인 여성 이야기에 '말 안 듣는
계집애는 머리를 박박 밀어버린다'는 지극히 한국적 전통의
정서를 끼얹어버리니 도대체 뭐라 표현할 수 없는 끔찍한
혼종이 탄생한 것이다. 이 캔디의 경우 유독 한국에서

임의로 출간한 후속작이 범람했는데, 그중에는 낙마 사고로
사망한 캔디의 첫사랑 안소니가 죽지 않고 정신이상을
일으켜 아드레이 저택 지하실에 갇혀 있다는 오싹한 작품도
있어 1980년대의 여러 소녀를 경악케 했다. 동광출판사는
정말 무슨 생각으로 이렇게 대담한 장사를 했을까. 그
만용이 놀라울 뿐이다. 그리고 지금은 40~50대가 되었을,
파름문고에 말끔히 속아 울고 웃었던 소녀들을 떠올리면
이 파름문고의 사기 행각도 조금은 그립게 느껴진다.
그리고 S씨는 아직도 살아 계신지, 여전히 파이프 담배를
애용하시는지, 정말로 동광출판사 측에 속으셨던 것인지,
방울방울 떠오르는 추억과 함께 그것이 궁금하다.

고독한 마녀가
뿜어내는
어둠에 납치되다

나는 훌륭한 사람들의 충고를 종종 무시하는
못된 버릇이 있다. 이를테면 저명한 소설가 스티븐
킹이 "형편없는 책을 읽으면서 우리는 그렇게 쓰지
말아야겠다는 것을 배운다"며 절대로 읽지 말라고 굳이
콕 집어주었던 책 중 하나인《다락방의 꽃들》을 굳이 달달
되풀이해 읽으면서 킹 선생님의 말을 저버리고 말았다.
저자인 V.C. 앤드루스의 전작을 소장하고 있다가 '그래,
문학다운 문학을 하려면 이제 이런 책들 좀 졸업해야지'
싶어 그의 모든 책을 결국 버렸지만, 그때는 이미 내

머릿속에서 이 책 내용을 외우다시피 하고 난 다음이었다.
사실 스티븐 킹의《유혹하는 글쓰기》는 2000년대 초반에
발간되었고《다락방의 꽃들》시리즈는 1990년대에 청소년
권장도서로 지정되어 있었으니 어쩌할 도리가 없었다.
스티븐 킹이 내게 너무 늦게 알려준 거였다. 권장도서라서
읽었다가 충격적인 내용에 깜짝 놀란 청소년이 많았는데,
전작을 독파해 '버린 몸'이 되어버린 나는 간혹 V.C.
앤드루스에 대해 생각해보곤 한다.

  V.C. 앤드루스는 훌륭한 작가는 아닐지 몰라도
인상적인 인물이었다. 1923년에 태어나 63세에 사망한
그녀는 미국 남부의 보수적 가정에서 자랐는데 십대 시절
계단에서 척추를 다쳐 거의 평생을 자택 2층에서 보낸다.
미국에서는 그녀의 책들을 '고딕 다크 판타지'로 분류한다.
V.C. 앤드루스가 내 마음을 끈 것은 엽기적일 정도로
막장으로 나아가는 스토리가 주는 충격만은 아니었다.
평생을 보수적 환경에서 거의 홀로 갇혀 지내다시피 한
여성의 상상력이 어디까지 '다크 판타지'로 뻗어나갈 수
있는지에 관심이 갔다. 미국 남부의 품위 있는 가정이라는
목가적 풍경과는 전혀 어울리지 않게 마치 복수심에
가득 찬 것처럼 등장인물들을 고문하듯 괴롭히는 처참한

사건들을 불구의 여인이 혼자 방에 앉아 평생 적어
내려가는 모습을 떠올리면 섬뜩해진다.

저자의 작품 중 가장 유명한 《다락방의 꽃들》은 V.C.
앤드루스의 저작 중에서도 단연 충격적인 전개가 쉴 새
없이 몰아친다. 책에는 잘생긴 아버지 크리스와 아름다운
어머니 콜린, 부모의 외모를 물려받아 하나같이 인형
같다는 찬사를 듣는 장남 크리스(아버지의 이름을 물려받았다)와
장녀 캐시, 쌍둥이 코리와 캐리가 등장한다. 부모와 2남
2녀로 이루어진 가족은 누구도 부럽지 않을 만큼 행복하다.
하지만 아버지 크리스가 교통사고로 사망하자 가족은
표류한다. 눈부신 미모를 지녔지만 생계를 꾸릴 능력이
없는 어머니는 아이들에게 과거를 털어놓는다. 본래
부잣집 외동딸이었으나 삼촌뻘 되는 크리스와 결합하기를
반대하는 부모 때문에 집을 나왔다는 것. 그녀는 아버지가
자신을 극진하게 아꼈으니 다시 아버지의 마음을 얻기가
쉬울 것이라며 고향으로 돌아간다. 단 결혼까지는 그렇다
쳐도 아이들까지 낳아버린 것을 알면 용서하지 않을
수 있으니 자기가 아버지의 마음을 돌릴 며칠 동안은
다락에서 4남매가 인기척을 내지 않고 숨어 지내야 한다고
했다. 아이들은 이것이 얼마나 무서운 말인지 알지 못한 채

훌륭한 저택에서 편하게 살아갈 날을 기대한다.

　그러나 기다림은 며칠이 아니라 몇 년이었다. 아이들은
3년이 넘는 시간 동안 다락방에 갇혀 지낸다. 바깥세상이
그리운 쌍둥이를 위해 크리스와 캐시는 종이로 가짜
꽃을 만들어 다락을 장식한다. 어머니는 아이들에게
"외할아버지는 곧 돌아가실 거야. 그렇게 되면 너희는
자유란다"라며 타이르지만 외할아버지는 계속 살아 있고,
어머니의 방문은 점점 뜸해진다.

　햇살을 받지 못해 아이들은 늘 창백하건만 요트를
타거나 피크닉을 즐겨 피부가 건강하게 그을리고 혈색 좋은
어머니의 모습에 아이들은 자연히 배신감을 느낀다. 그리고
될 수 있는 한 빨리 다락방에서 꺼내주겠다는 어머니의
약속이 과연 지켜질지 점점 의심하게 된다. 엄격한 개신교
신자인 외할머니는 아이들을 타락한 존재라며 무자비한
체벌과 형편없는 음식으로 고문한다. 워낙 어린 시절에
감금 생활이 시작되어 다락방에서 사춘기를 맞은 크리스와
캐시는 남매의 선을 넘게 되고, 이 사실은 평생 두 사람을
괴롭힌다. 그나마 외할머니가 주는 맛있는 간식이었던
도넛에는 매일 미량의 비소가 들어 있었고, 결국 허약한
코리가 중독으로 죽고 만다. 어머니 콜린이 이미 재혼한

지 오래라는 사실을 안 아이들은 희망을 버리고 다락방을 탈출하기로 결심한다.

　이후 어머니의 새 남편을 유혹해 복수를 완성하려는 캐시, 친남매임에도 캐시에 대한 사랑을 놓지 못하는 크리스, 외할머니가 심어준 죄의식 때문에 순조로운 이성 교제를 하지 못하고 결국 코리가 그랬던 것처럼 비소를 바른 도넛을 먹고 스스로 목숨을 버리는 캐리의 이야기로 다섯 권이 채워지는데, 콜린은 자신의 목숨으로 캐시의 생명을 구해 다소나마 죗값을 치른다. 그러나 마지막 권에서 가장 충격적인 진실이 드러난다. 부모인 콜린과 크리스의 관계가 허락받지 못한 것은 그들이 어머니가 다른 남매 사이였기 때문이다. 물론 그들은 그 사실을 몰랐지만, 둘 사이에서 태어난 아이들을 태생부터 타락한 존재라고 생각한 외할머니는 육친의 정을 억제하고 더러운 죄의 씨앗이라 여겨 학대한 것이었다.

　《다락방의 꽃들》만이 아니라 《도온》 《헤븐》 같은 다른 시리즈 역시 여주인공들은 작가가 가학적으로 보일 만큼 심대한 고통을 겪는다. 자극을 좋아하는 독자들이 이 기괴한 이야기들에 반응을 보여 내내 이런 글을 썼다면 이해가 안 가는 바도 아니겠건만, V.C. 앤드루스의 모든 원고는 작가 사후에 발견되어 가족이 출간했다.

그러니까 그녀는 작가이자 자기 글의 유일한 독자로서, 오로지 자신만을 위해 이런 이야기를 써내려간 것이다. 흔히 작가에게는 고독이 필요하다고들 하는데 대체 어느 정도의 고독이 적절할까? V.C. 앤드루스에게는 아무래도 그 분량이 너무 많았던 것 같다. 그녀는 혼자였기에 작가가 될 수 있었지만, 너무 혼자였던 것도 좋지만은 않았던 것이다.

《다락방의 꽃들》은 평생 감금 상태였던 작가가 자기 자신의 고통을 종이 위에 드러낸 살풀이 의식에 가까워, 순수하게 문학적으로만 평가하기에는 다소 무리가 있다. 작가가 안고 있는 어둠이 너무 압도적이라 문학적 경험이라기보다는 일종의 '납치'를 당하게 되는 것이다. 아마 스티븐 킹은 그 점을 간파했기에 그토록 강경하게 읽지 말라고 권했을 테다. 그러나 아직도 전 세계에서 무삭제판이 끊임없이 발간되는 것을 보면, 고독한 마녀가 뿜어내는 어둠에 기꺼이 납치되고자 하는 이가 적지 않은 모양이다. 고통을 이겨내고, 다들 살아서 돌아오기를.

스칼렛 오하라,
낭만과 현실의 차이

《바람과 함께 사라지다》라는 소설, 또는 영화를
보지 않았더라도 '스칼렛 오하라'라는 이름을 들어보지
않은 사람은 드물 것이다. 영화에서 스칼렛 역을 맡은
비비언 리가 워낙 아름다워 스칼렛이 미인의 대명사처럼
알려졌지만 소설은 다음과 같이 시작된다.

"스칼렛 오하라는 그다지 미인은 아니었다."

처음 소설을 써 보는 작가의 작품이라고는 믿을
수 없을 만큼 매혹적인 이 작품은 허영기 심하고
제멋대로인 미국 남부의 부잣집 딸 스칼렛 오하라가

현실과 마주하면서 싸워나가는 이야기, 그리고 스칼렛 오하라를 머리끝부터 발끝까지 알고 있는 노련한 남성 레트 버틀러와의 사랑 이야기가 크게 두 축을 차지한다.

발매 당시 미국에서도 어마어마한 사랑을 받았고 영화판도 큰 인기를 누렸지만 아쉽게도 백인들의 '그들만의 리그'인 것만은 피할 수 없다. 영화 〈바람과 함께 사라지다〉가 개봉했을 당시 영화가 끝난 뒤 분노가 치밀어올라 자리에 한참이나 앉아 있었던 흑인 청년이 맬컴 엑스였다는 것도 잘 알려진 사실이다.

그럼에도 불구하고 사람을 끌어당기는 매력을 지닌 이 작품을 제대로 음미하고 싶다면 소설을 권하고 싶다. 나는 어린 시절 장왕록·장영희 부녀가 함께 번역한《바람과 함께 사라지다》를 되풀이해 읽었는데, 읽을수록 멜라니 윌크스라는 등장인물을 다시 보게 되었다. 무서운 여자.

물론 이 소설의 주인공을 인물로만 한정할 수는 없다. 전쟁에서 패하고 옛 영광을 잃은 채 천천히 스러져가는 미국 남부의 모습은 이 소설의 또다른 포인트다. 소설을 읽은 사람은 누구나 스칼렛 오하라의 매력을 이야기한다. 《작은 아씨들》역시《바람과 함께 사라지다》와 같은 시간 축 위에 서 있지만 차마 그렇다고 믿을 수 없을 만큼 스칼렛 오하라의 생활은 처절하다. 전쟁 전에는 자기 손으로 마룻바닥에 놓인 양말 하나 주워본 적 없을 정도로 귀하게 자랐던 스칼렛은 레트 버틀러가 훔친 비루먹은 말과 낡은 마차에 의지해 폭격으로 불타는 애틀랜타에서 타라로 향한다. 간신히 집에 돌아와 쉴 수 있기를 기대했지만 어머니는 전염병으로 죽었고, 아버지는 정신이 온전치 않으며, 동생들은 병을 앓았다. 흑인이고 백인이고 할 것 없이 집안 사람들은 모두 맏딸인 스칼렛만 의지했다. 북군이 휩쓸고 간 탓에 먹을 것이 없어 굶주리던 차에 겨우 바람 든 무를 발견해 씹다가 토하고 밭에 쓰러진 스칼렛은 그 유명한 대사를 남긴다.

"도둑질을 하든, 거짓말을 하든, 살인을 하든 나는 절대 다시는 굶주리지 않겠어."

'짐은 그것을 감당할 수 있는 어깨에 지워진다'라고 되뇌며 스칼렛은 독해진다.

이번 크리스마스에는 선물이 없다는 둥 투덜대는《작은 아씨들》의 소녀들은 여기에 비하면 호화로운 형편이다. 공교롭게도 스칼렛은 "도둑질을 하든, 거짓말을 하든, 살인을 하든"이라는 맹세에 등장하는 모든 짓을 다 하게 된다.

모두가 먹을 것을 달라고 스칼렛에게 보채는 타라에서

멜라니는 유일하게 자신의 것을 남에게 양보하는 유순한 여성이었다. 멜라니의 남편 애쉴리를 어릴 적부터 사모한 스칼렛에게는 그것도 보기 싫은 꼴이었다. 재산과 먹을 것을 약탈하기 위해 탈주병이 타라에 들어오자, 스칼렛은 눈 하나 깜짝하지 않고 그를 총으로 쏘아 죽인 뒤 시체를 어떻게 처리할까 고민하는데, 몸도 채 회복되지 않은 가냘픈 여성의 모습이 층계에 보인다. 파리 한 마리도 죽이지 못할 윌크스 부인 멜라니가 무거운 군도를 가지고 나타난 것이다. 남부 숙녀인 멜라니 역시 가족을 지키기 위해서는 살인이라도 할 결심이었다. 멜라니의 잠옷으로 탈주병의 머리를 묶어 피를 멈추게 한 스칼렛은 자기가 죽인 병사를 흙이 부드러운 곳에 묻어버린다. 그리고 이는 두 사람만의 비밀이 된다.

전쟁이 끝난 뒤 애쉴리는 타라에 돌아오지만, 그는 경제적으로 전혀 도움이 되지 않는다. 부당한 세금이 매겨져 타라를 잃을 위기에 처한 스칼렛은 레트 버틀러를 유혹하여 돈을 빌리기 위해 커튼으로 새 옷을 만들어 입는데, 애쉴리는 그녀가 레트 버틀러에게 가는 것을 알면서도 어쩌지 못한다. 결국 애쉴리는 군대에서 알게 된 인연을 통해 북부에서 은행원이 되기로 했다고 스칼렛에게

알리지만, 스칼렛은 애쉴리가 자신을 도와주지 않고
북부로 가버린다며 멜라니에게 하소연한다. 멜라니는
스칼렛을 위해 처음으로 남편을 공격한다. 여기서부터
멜라니의 활약을 보면, 사실 이 소설에서 모든 것을 알고
자신의 의도대로 상황을 조종한 사람은 그녀가 아닐까 싶은
생각이 든다. 스칼렛에게 의지해 그리운 고향 애틀랜타로
돌아가게 된 멜라니. 그녀는 재혼 후 제재소를 갖게 된
스칼렛이 온갖 거짓말을 하며 사업을 이끌어가는 것을
보면서도 어떤 비난도 하지 않는다. 오죽하면 스칼렛에게
사기를 당한 신사들이 단 몇 분만이라도 스칼렛이 남자가
되어 흠씬 두들길 수 있기를 바랄 정도다.

　　소설을 몇 번이고 되풀이해 읽고 나면, 스칼렛이
자신의 남편을 몰래 사모한 것을 멜라니 역시 알고 있었던
게 아닐까 싶다. 만약 그렇다면 살인과 거짓말을 일삼은
스칼렛보다 멜라니가 훨씬 무서운 여자 아닌가. 결국 병으로
죽어가는 멜라니는 스칼렛과의 마지막 대면에서 자신의
아들 보를 부탁한다. 스칼렛은 말도 사주고 세계여행도
시키고 하버드대학에도 보내겠다고 다짐한다. 그리고
멜라니는 애쉴리마저 스칼렛에게 맡긴다.

　　"그이는 현실적이지 못해요."

오직 죽음만이 애쉴리에 대한 비난을 멜라니 입에서
내뱉게 한 것이다. 여기에서 멜라니가 스칼렛의 사랑을
알았으면서도 그 사랑을 자신의 생활 기반으로 삼았던 게
아닐까 하는 의심이 짙어진다. 살인도, 거짓말도, 도둑질도
하지 않은 채 자신이 원하는 대로 살 수 있었던 멜라니
윌크스야말로 진짜 승자가 아닐까.

　십여 년 전 《여자에게》라는 책의 공저 인연으로
장영희 교수를 만날 기회가 있었는데, 어렸을 적 당신이
번역한 《바람과 함께 사라지다》를 끼고 살았다는 것과
생활 때문에 대필 아르바이트를 고민했던 이야기를
흘깃 꺼냈더니 '《바람과 함께 사라지다》는 너무나 초기
번역작이니 말도 꺼내지 말'라는 것과 '자신의 문체를
지키기 위해서는 대필 아르바이트는 될 수 있는 한 해서는
안 된다'라는 두 가지 이야기를 해주셨던 기억이 난다. 나는
그 자리에서 먼저 일어났는데, 식당 문을 닫고 나갈 때까지
"대필 아르바이트는 웬만하면 하지 마!"라는 목소리가
귓가에 쟁쟁 울렸다. 결국 그 충고를 따랐지만, 문필업으로
생활하기가 너무나 어려운 시대를 살아가면서 생활고와
싸울 때마다 심란하기 짝이 없다. 나는 지금도 어떻게 하면
멜라니처럼 살 수 있을까 생각한다. 과연 가능한 일일까.

마치 내 얘기 같은,
책 속 가득한
인생의 아이러니

십 년쯤 전 대학을 졸업하면 전공을 살려 시나리오
작업에 매진할 생각이었다. 그런데 부모님이 대형 사고를
치고 말았다. 결국 정기적인 수입으로 부모님을 도와야
했기에 다니고 싶지 않은 회사에 억지로 매여 있게 됐다.
정시에 퇴근하는 날에는 시계가 다섯 시 반을 가리키면
빨리 나가 술을 마시고 싶어서 손이 달달 떨려왔다. 이미
어른이니까 누구에게도 함부로 위로를 바랄 수 없어
500씨씨 잔에 둥둥 띄워 넣은 소주잔이 거품을 일으키는
걸 하염없이 바라보며 제발 이 강제 효도가 빨리 끝나길

바랐지만 기약 없는 일이었다. 자식이 되어 부모님 도와드릴 능력이 있는 게 어디냐고 숱하게 자신을 위로했지만 꿈을 향해 나아가려다 스타트 라인에서 자빠진 셈이 됐으니 마음에 화가 꽉꽉 들어찼다.

그렇게 차곡차곡 포개진 화를 위로해준 것은 찌부러진 잔에 마시는 막걸리 한 사발과 '오 헨리'의 소설들이었다. 지금 서울 성동구 옥수동은 재개발이 끝나 세련된 모습으로 변했지만 그때 내가 살았던 옥수동은 아직 개발이 진행되지 않아 꼬불꼬불한 길이 남아 있는 산동네였다. 그 꼬불꼬불한 골목들 아래에는 40년 넘게 자리를 지킨 순댓국집이 있었다. 팔순의 할머니께서 새벽 다섯 시가 되면 가마솥에 불을 지펴 순댓국을 팔팔 끓여냈다. 회사를 가지 않아도 되는 토요일이면 나는 오 헨리 전집을 끌어안고 비틀비틀 순댓국집으로 향했다. 교과서에도 실린 〈마지막 잎새〉 같은 작품들 때문에 흔히 오 헨리를 따뜻한 휴머니즘적 작가라고 생각하지만, 그의 여러 작품을 읽어보면 따뜻함 말고도 인생에 배신당한 사람 특유의 차가움도 느낄 수 있다.

은행에서 일하다 횡령 혐의를 뒤집어쓰고 나라 밖으로 도망쳤던 오 헨리는 어린 아내가 위독하다는 연락을 받고 귀국하지만 아내의 임종은 지키지 못했다고 한다. 대신 그를 기다렸던 것은 감옥이었다. 그는 감옥에서 약사로 일하며 소설을 썼다. 이때부터 사용한 '오 헨리'라는 필명은 그가 지어낸 것인지 간수 이름에서 딴 것인지 의견이 분분하다. 분명한 것은 그가 감옥 생활을 버텨내면서 출판될지 알 수 없는 글을 한 자 한 자 써내려갔다는 것이다. 아이러니를 다루는 데는 누구도 오 헨리를 따라갈 수 없다.

여기서는 잠시 '책 읽어주는 여자'가 되어 그 아이러니의 정수가 들어 있는 몇몇 작품을 소개하려 한다. 먼저 〈마지막 잎새〉 외에 우리에게 잘 알려진 소설인 〈크리스마스 선물〉을 보자. 이 소설에서 젊은 부부는 서로에게 크리스마스 선물을 주고 싶어 하지만 둘 다 그럴 돈이 없어 자신의 소유물을 돈으로 바꿔 선물을 마련한다. 남편은 아버지로부터 물려받은 근사한 회중시계를 팔아 아내의 길고 치렁치렁한 머리에 꽂을 장식품을 사고, 아내는 남편의 회중시계에 달 멋진 시곗줄을 사기 위해 머리를 깎는다. 이런 이야기까지는 그저 아름답지만, 다른 작품에서는 인간이라는 한심하고 약하고 어쩔 수 없는 존재에 대해 그가 느끼는 연민을 엿볼 수 있다.

어느 바쁜 사업가는 정신없이 돌아가는 증권시장에서

한참 활약하다가 문득 자신과 함께 일하는 여성에게 사랑을 느낀다. 그리고 10분밖에 여유가 없다며 그녀에게 청혼을 한다. 반지를 끼고 있던 그녀는 깜짝 놀라 말한다.

"여보, 우린 어제 결혼했어요. 당신이 청혼해서 모퉁이 교회에서 결혼했잖아요."

이 사업가는 너무 바쁜 나머지 어제 결혼한 사실도 잊은 것이다.

비누공장을 운영해 큰 부자가 됐지만 졸부라고 경멸을 받는 노신사는 아들에게서 근심의 기색이 보여 이유를 묻는다. 아들은 사랑하는 여자가 생겼는데 그녀의 시간은 사교계라는 세계에 철저히 예약돼 있어 도저히 둘만 마주할 기회가 없다고 말한다.

"돈으로 살 수 없는 것도 있습니다, 아버지!"

아들의 침통한 말에 아버지는 깜짝 놀라 쏘아붙인다.

"내가 돈으로 살 수 없는 게 뭔지 백과사전을 다 살펴봤고 이제 부록을 볼 차례니 그런 말 하지 말아라."

"저에게 기회는 며칠 후 그녀를 마차에 태워서 극장에 데려다주기로 한 단 10분뿐이에요. 그사이 무슨 말을 하겠어요?"

며칠 뒤 두 사람이 마차에 탔는데 희한하게도 때맞춰

사거리에서 길이 꽉 막혀 마차가 움직이지 못한다. 어쩔 수 없이 마차에 갇혀 있는 몇 시간 동안 이어진 청년의 열렬한 구애에 처녀는 마음을 열었고 두 사람은 약혼한다. 오 헨리는 여기서 짓궂게도 "이야기를 여기서 멈춰야 하겠지만 독자여, 진실을 위해서라면 우리는 우물의 바닥이라도 파고 들어가야 한다"라고 쓴다. 잠시 후 사거리에서의 '우연한' 사고를 연출한 수완가가 노신사에게 추가비용과 용역비를 받으러 온다. 흔쾌히 돈을 내준 노신사는 갑자기 이렇게 묻는다.

"자네, 혹시 그때 날개 달린 통통한 아기가 활과 화살을 들고 있는 걸 보았나?"

물론 큐피드를 말하는 것이다. 수완가는 대답한다.

"못 봤지만 그런 녀석이 있었다면 제가 보기 전에 경찰에 잡혀갔을 겁니다."

아파트 위아래에 사는 친한 친구인 두 여자는 너무나도 다른 결혼 생활을 하고 있다. 위층 여자는 남편에게 종종 주먹으로 얻어맞지만 싸움이 끝난 뒤 얻은 달콤한 키스나 비단 스타킹 같은 선물을 늘 아래층 여자에게 자랑한다. 이것이야말로 스릴 넘치는 진정한 부부생활이라며. 하지만 아래층 여자의 남편은 평범하게 저녁을 먹고 신문을 읽는 평화로운 생활 외에는 바라는 게 없다. 아래층 여자의 눈에 위층 여자는 마치 인디언에게 납치당했다가 연인에게 구출되는 처녀처럼 격렬하고 로맨틱한 생활을 하는 듯이 보인다. 그에 비해 자신의 조용한 생활은 답답하고 지루하며 권태롭다. 자신도 위층 여자 같은 삶을 살기 위해 그녀는 분연히 일어난다.

"내가 당신 빨래나 해주는 사람이에요?"

버럭버럭 소리를 지른 그녀는 확실히 얻어맞기 위한 비장의 방법을 사용한다. 남편에게 주먹을 휘두른 것이다! 엉엉 우는 소리에 위층 여자가 내려와 그이가 때렸느냐고 묻자, 아래층 여자는 울면서 말도 제대로 잇지 못한다.

"그이는, 그이는 지금 빨래를 하고 있어요…."

이런 이야기들은 오 헨리의 소설 중 극히 일부에 불과하다. 바쁜 회사 일이나 사업으로 지친 나머지 책을 한 권 읽고 싶은데 뭘 보면 좋을까 고민하는 분들, 자기계발서 같은 건 읽기 싫고 인문학 서적이나 장편소설은 너무 부담스러운 분들에게 오 헨리의 소설을 권하고 싶다. 그의 소설은 짧게 읽을 수 있는 글로 가득하다. 아울러 인간이라는 존재가 무엇인지 다시 한 번 생각하게 하는 힘이 있다. 마음대로 되지 않는 게 인생이라는 깨달음을 오 헨리보다 탁월하게 표현하는 작가를 나는 알지 못한다.

울지 않는
캔디의 당당함은
어디서나
빛난다

어린 시절 만화영화 〈빨간 머리 앤〉이 방송되는 동안
무심코 채널을 돌렸다가 엄마에게 세차게 뺨을 얻어맞은
적이 있다. 어른인 엄마가 〈빨간 머리 앤〉을 볼 거라고는
생각지도 못했다. 엄마는 한창 열중해 보고 있었던
것이다. 이 사건 이후로 나와 앤이 척지는 것은 당연했다.
무엇보다도 나는 주근깨, 빨간 머리에 빼빼 말랐다며
자신을 수없이 비하하고 그 이야기를 하고 또 했던 앤이
불과 2~3년 뒤에 제2차 성징기를 맞아 모두가 감탄하는
처녀로 환골탈태하는 게 싫었다. 빨간 머리는 금갈색이 되고

주근깨는 사라졌으며 빼빼 마른 몸매는 몸이 일찍부터
푹 퍼져버린 친구 다이애나가 부러워하는 호리호리하고
날씬한 모습으로 바뀐다. 통통했던 나는 '고작 인생 몇 년을
그렇게 보낸 주제에 뚱뚱이들의 괴로운 삶을 네가 알아?'
하며 도저히 앤과 친해질 수 없었다. 앤이 없어도 내 소녀
시절을 함께 보내줄 친구가 있었으니, 그녀는 〈들장미 소녀
캔디〉의 '캔디스 화이트'였다.

갓난아기 때 고아원에 버려진 캔디는 너무나 흰 피부
때문에 '화이트white'라는 성을 갖게 됐지만 자라면서
주근깨가 온 얼굴을 뒤덮어 화이트라는 말이 무색해진다.
형편이 어려운 고아원 '포니의 집'에서 씩씩하게 자라는
동안 단짝 친구 애니를 비롯해 많은 아이가 좋은
가정으로 입양되지만, 점점 나이를 먹어가는 캔디를
바라는 가정은 없었다. 열두 살이 될 무렵 캔디를 원하는
라건가※ 사람들이 나타나는데, 자식으로서 바라는 게
아니라 버릇없는 '닐'과 '이라이저' 남매의 놀이 상대로
데려가겠다는 것이었다. 가정교사를 수십 번 갈아치운
이 남매와 캔디가 잘 지낼 리 없었다. 라건가 사람들은
캔디가 자라면 하녀로 써먹겠다며 유엔이 알았다간 큰일
날 수준의 아동노동을 시킨다. 라건가는 아드레이가※라는

명문가의 방계 집안인데 아드레이가에도 또래 소년들이 있었다. 장미 가꾸기를 좋아하는 아름다운 '안소니', 멋쟁이 '아치', 발명왕 '아리스테아'다. 이라이저는 안소니를 좋아하지만 이 소년들은 씩씩하고 사랑스러운 캔디에게 마음을 빼앗겨 저마다 열을 올린다. 캔디를 괴롭히려고 혈안이 된 이라이저는 허름한 차림의 캔디를 억지로 파티에 데려가는데, 세 소년과 춤을 추며 즐거운 시간을 보내고 있는 캔디를 본 라건가 사람들은 캔디를 방에서 쫓아내 마구간에 살면서 말을 돌보도록 시킨다. 오랫동안 〈들장미 소녀 캔디〉를 애독했던 내가 캔디를 새롭게 보게 된 장면이다. 두어 해 전 직장을 찾아 헤매다가 말 농장에서 일하게 된 다음이었다. 이 만화를 처음 봤을 때는 말을 돌본다는 게 그렇게 힘든 육체노동인 줄 몰랐다. 드라마 여주인공들에게 툭하면 '캔디'라는 말을 남발하는데, 그렇게 함부로 쓸 수 있는 호칭이 아니었다.

캔디처럼 나도 새벽 5시에 일어났다. 캔디는 마사馬舍에 살았으니 출퇴근 시간은 없었겠지만 말의 똥오줌에 파리가 들끓었을 테니 절대 안락한 잠자리는 아니었을 것이다. 출근 뒤에는 마방馬房마다 말들이 간밤에 싸놓은 말똥을 처리한다. 말똥을 주워내고 나면 말의 침대인 깔짚을

갈아줘야 하는데, 싸놓은 오줌으로 범벅이 돼 육중한 데다 냄새가 지독하다. 더 써도 되는 깔짚을 마방 안에 고르게 펼쳐주고 웬만한 초등학생 키만 한 새 깔짚 자루를 질질 끌어온다. 이것을 베딩bedding이라고 하는데, 성인 남성도 쉽게 할 수 있는 작업이 아니다. 이라이저와 닐이 각각 서러브레드종種을 한 마리씩 가지고 있었으니 캔디는 500킬로그램 정도 나가는 말들의 시중을 매일 든 것이다. 뼈가 빠지는 노동이다. 도저히 열두 살 어린아이가 할 수 있는 수준이 아니다. 게다가 마구간 일을 하고 나면 캔디는 예비 하녀로서 부엌일과 청소까지 해야 했다.

미모가 뛰어나지 않고 고아인 캔디를 등장하는 남자마다 모조리 좋아하게 되는 것은 캔디의 씩씩하고 밝은 성격 때문이기도 하지만, 어려서부터 주어진 일을 전투적으로 해내며 자립심 강한 여성으로 성장했기 때문은 아닐까 싶기도 하다. 아드레이가의 양녀로 입양돼 얼마든지 놀고먹는 생활을 할 수 있었는데도, 안소니가 죽은 뒤 캔디는 포니의 집으로 돌아가 고아원 일을 돕는다. 그 뒤 사립학교에서 만난 테리우스를 사랑하게 되지만, 둘은 야밤에 만났다는 오해를 받고 퇴학 위기에 처한다. 그때도 캔디는 얌전히 사립학교 여학생으로 머물러 있지 않고

미국으로 건너가 간호학교에 입학함으로써 당당히 홀로
선다. 테리우스가 브로드웨이의 총아가 되었음에도 캔디는
전혀 흔들리지 않고 꿋꿋하게 자신의 일에 매진한다. 어릴
적 알게 된 앨버트가 기억상실증에 걸린 것을 알고는 자기
아파트에서 돌봐주는데, 캔디는 혼전 남녀가 동거한다고
주변 사람들이 수근거려도 눈 하나 깜짝하지 않는다.
문란한 여성으로 지탄받을 수 있는 상황인데도 캔디는
조금도 흔들리지 않는다.

　　사립학교 친구 패트리샤는 아리스테아의 연인이
되는데, 아리스테아는 제1차 세계대전이 발발하자 패티의
고국인 프랑스를 지키고 싶다며 자원입대한다. 그리고 공군
조종사로 활약하던 그가 전사했다는 소식이 전해진다.
시신도 찾지 못한 채 열린 장례식에서 패티는 과도로
자살을 기도한다. 모두 그녀를 금방이라도 터질 것 같은
종기처럼 대하며 겁에 질려 있는데, 캔디만이 제정신을
유지하며 아리스테아가 그걸 좋아할 것 같다면 당장
죽으라며 쏘아붙이고는 달래준다. 패티는 덕분에 실컷
눈물을 흘린다.

　　무엇보다 내가 캔디를 좋아한 이유는, 빨간 머리
앤처럼 어른이 되자 주근깨가 싹 없어지면서 날씬한

미인으로 변신(글쎄 이런 건 약간 비겁하달까)하지 않고 여전히
신경 쓰이는 주근깨와 납작코를 갖고 있지만 얼마든지
그것을 웃어넘길 수 있는 여성이어서다. 결국 캔디는
누구의 여자도 되지 않는다. 누구와 이뤄질지 짐작도 가지
않는다. 홀로 캔디답게 활짝 웃는 모습으로 만화는 끝난다.
순정만화인데도 로맨틱한 해피엔딩으로 끝나지 않으니
좀 시들한 결말일 수도 있다. 하지만 혼자서도 화사하고
당당하게 서 있는 캔디를 보면 그런 건 아무렇지 않다.
혼자긴 하지만 괜찮은 순정만화 주인공을 만나는 건
색다른 경험이다. 사랑하는 남자 품에 안긴 채 끝을 맺는
순정만화 공식을 깨고 처음부터 끝까지 자립한 여성의
모습을 보여주었기에 캔디는 오랫동안 여러 소녀에게
사랑받은 게 아닐까. 누구와 이뤄지든 캔디는 캔디라며.

조숙했던 초등학교 시절 《제인 에어》 완역본을
선물받고 한동안 푹 빠져 지냈다. 그렇게 책을 붙들고
좋아하는 딸의 모습을 본 부모님은 이내 《폭풍의 언덕》
완역본까지 선물해주셨다. 부모 없는 고아로 태어나
친척집에 맡겨져 온갖 학대를 당하다 교육 환경이 처참한
기숙학교로 쫓겨난 제인. 홀로 설 수 있도록 열심히
공부하는 와중에 병에 걸린 사랑하는 친구까지 잃는 등
갖은 사건을 겪다가 입주 가정교사가 되기 위해 떠나는
데서 그녀의 모험은 시작된다. 손필드 저택이라는 자신의

새 일터에 가는 도중 웬 강한 인상의 남자가 승마 사고를
당해 꼼짝도 못하고 있는 광경을 목격한 제인은 사람을
불러와 그에게 도움을 준다. 그런데 이 낯선 사람은
숙녀에게 한껏 감사함을 표현하지는 못할망정 이것저것
캐물어 불쾌감까지 느끼게 만든다. 겨우 손필드 저택에
도착해 친절한 노부인과 자신이 가르치게 될 소녀를 만난
제인은 드디어 독립생활에 들어갔다는 데에 안심하고
한숨을 내쉬는데, 아직 마음을 놓을 때는 아니었다. 오던
길에 만난 그 무례한 부상자가 자신의 주인, 곧 고용주였던
것이다. 이때부터 제인을 얻기 위한 로체스터의 온갖 구애가
시작된다. 아름다운 귀부인에게 청혼할 것 같은 모습을
보여 제인의 반응을 유도해보기도 하고, 집시 점쟁이로
분장해 제인의 마음을 알아내려 애쓰기도 한다.

　　어릴 적에는 로체스터의 그런 모습이 사랑하는 사람을
얻기 위한 발버둥으로 보여 안쓰럽기도 했고 응원하는
마음도 들었다. 그런데 어른이 되어《제인 에어》를
다시 읽어보니 어딘가 불쾌했다. 스무 살 이상 차이가
나는 순진한 시골 아가씨를 '꼬시기' 위해 갖은 수단을
동원하는, 세상사에 통달한 천년 묵은 구렁이 같아서다.
어떤 아가씨를 사랑하게 되었으면 진실한 마음과 소탈한

모습으로 그녀의 마음을 얻으려고 노력할 것이지 온갖 쇼를 벌여 마음을 사려는 모습이 어릴 적처럼 순애純愛로 느껴지지 않았다. 순진한 제인을 상대로 '밀당'하는 광경에 한 대 콱 쥐어박고 싶었다.

최고의 문제는 다락방에 숨겨둔 아내가 있어 당당하게 구혼하지도 못하면서 제인이 자신에게서 떨어질 수 없도록 애를 썼다는 점. 소설에 정확히 묘사되지는 않았지만, 로체스터가 부자가 된 것은 첫 아내 때문이라는 해석이 많다. 당시 영국에서는 여성의 사유재산을 인정하지 않아 여성의 재산은 곧 남편의 것이 되었다. 로체스터의 주장대로 속아서 미친 여자를 아내로 맞았지만 그 아내가 재산을 가져왔으니 둘 다 계산속이 맞은 셈이다. 중혼하려던 것을 들킨 로체스터는 그래도 자신 곁에 머물러달라고 애걸하지만, 제인은 아무도 몰래 손필드 저택을 떠나버린다.

여기에서부터는 《소공녀》와 아주 비슷한 내용이 전개된다. 며칠 동안 부랑자의 삶을 살던 제인은 젊은 목사 세인트 존에게 구조되어 그의 가족과 함께 지낸다. 아무도 없는 고아라고 평생 생각했는데, 죽은 친척의 유언장을 보니 정말 공교롭게도 제인은 자신을 구해준

세인트 존 가족과 사촌 관계였다. 게다가 남부럽지 않을
유산까지 자기 앞으로 남겨져 있는 게 아닌가! 제인은
그 재산을 사촌들과 골고루 나누고, 처음으로 생계를
위해 힘들게 일하지 않아도 되는 생활을 맛본다. 그러나
평화도 잠시, 마을 유지의 딸인 로자몬드라는 여성을
깊이 사랑하고 있는 세인트 존이 엉뚱하게도 제인에게
청혼한다. 선교사로서 오지로 떠날 예정인 세인트 존에게
로자몬드는 어울리지 않는 짝이었고, 검소하고 정신력이
강한 제인이야말로 고생스러운 선교사 아내에 어울린다는
게 청혼 이유였다. 제인은 여동생으로서는 같이 가겠다고
했지만 세인트 존은 막무가내였다. 그런 어정쩡한 관계로는
선교에 함께할 수 없다는 것이었다. 고민하던 제인은
로체스터의 목소리를 환청으로 듣고 손필드 저택으로
향한다. 그러나 제인이 첫사랑을 겪은 손필드 저택은 마치
타다 만 유해처럼 불타버린 채였다. 수소문해 로체스터를
찾아보니 그는 거동이 불편한 장애인이 되어 있었다. 혼자
살 수 있는 재산이 생긴 그녀가 자신을 사랑할 리 없다고
로체스터는 좌절하지만, 제인은 기꺼이 그의 아내가 되어
아들까지 낳는다. 그리고 로체스터는 차차 시력을 회복한다.
"독자여! 나는 그와 결혼했습니다"라는 독백으로 유명한

문장이 바로 이 부분이다.

나는 어른이 될수록 이들의 사랑을 대단한 순애로 느끼지 못하게 되었다. 태어나서 만나본 남자라고는 로체스터와 세인트 존밖에 없는 제인이야 그렇다 치고, 로체스터가 순진한 처녀를 자기 손에 넣기 위해 꾸민 여러 계략이 마음에 들지 않은 데다, 순진한 제인을 쥐락펴락하는 게 싫었다. 어떤 날은 환하게 대하고 어떤 날은 부루퉁하게 대해 제인을 심란하게 만드는 것이 스무 살이나 많은 남자가 할 성숙한 사랑이라는 생각이 들지 않았다. 책을 덮은 다음 아마 그래서 《제인 에어》가 몇 세기 동안 사랑받는 게 아닐까 하는 생각이 들었다. 아직 사랑을 모르는 제인은 미숙하고 사랑스럽다. 젊은 시절의 실수로 정신질환자 아내와 결혼하고 그녀를 다락방에 가둔 채 괴로워하는 로체스터는 사랑에 빠지고 싶은 생각이 없었지만, 부드러우면서도 자기주장이 강한 제인을 사랑하지 않을 수 없었다. 가짜 구혼 소동이나 점치는 노파로 변장한 로체스터의 '흑역사'까지도 결국 사람이 감당할 수 없는 그것, 바로 '사랑' 때문에 일어난 일이었으니까.

제인이 로체스터를 다시 만나는 데에 큰 역할을 한

것은 돈이었다. 학교에서 아이들을 가르치거나 가정교사
생활을 했다면(당시 가정교사는 하녀와 비슷한 위치였다고 한다)
다시 손필드 저택까지 갈 시간이나 비용을 댈 수 없었을
것이다. 로체스터가 가정교사를 둘 만한 여유 있는 부자가
아니었더라면 애초 두 사람은 만날 수조차 없는 일이었다.
어른이 되어《제인 에어》를 다시 보니 마치 버지니아 울프의
《자기만의 방》에 나오는 구절인 "여성에게 일정한 재산과
자기만의 방이 있어야 한다"는 말이 더 생생하게 다가왔다.
제인이 삼촌에게 유산을 상속받지 못했더라면 노부인이
될 때까지 가르치는 것으로 간신히 먹고살 수밖에 없었을
테니까. 지금 내게《제인 에어》가 준 가르침은 이렇다.
그래도 돈 좀 있어야 로맨스도 따라온다고. 홀로 설 수
있어야 사랑도 한다고.

베르사유의 장미,
추억은
소중하니까

　　이케다 리요코의 오래된 명작 순정만화《베르사유의
장미》완전판을 다시 한 번 감상했다. 1980년대나
1990년대에 태어난 독자들, 그리고 그들의 부모님들이라면
1990년대에 동네마다 꼭 있었던 비디오 대여점에서
보았거나 텔레비전에서 애니메이션판으로 방영한 이
작품이 귀에 설지 않을 것이다. 여왕 마리 앙투아네트,
마리의 남편인 루이 16세, 마리와 애정 관계였다고 알려진
한스 악셀 폰 페르젠 등 역사 속 진짜 인물들과 작가가
순수하게 창작한 인물인 오스칼 프랑소와 드 자르제,

오스칼의 소꿉친구이자 연인인 평민 앙드레 그랑디에가
탁월하게 섞여 있어 모녀가 함께 볼 수 있는 작품으로도
유명했기 때문이다. 특히 오스칼 프랑소와 드 자르제는
남장 여자라는 클리셰를 확립한 인물로서 셀 수 없이
많은 매체에서 2차 창작되었다. 외모도 뛰어나지만 무력도
상당하다. 대대로 군인 집안인 자르제 가문에서 계속 딸만
태어나자 이 막내딸을 아들로 키워 군인으로 만들기로
결심한 탓이다. 사관학교를 졸업하기도 전인 어린 나이에
근위대에 발탁되어 마리 앙투아네트의 경호를 맡게 된
오스칼은 누구보다 마리 앙투아네트를 진심으로 섬기고
그녀의 안위를 바랐다. 그러나 프랑스대혁명이라는
소용돌이의 핵심 중 하나였던 왕정 철폐의 국민적 요구
속에서 그저 평범한 한 여자였던 마리 앙투아네트를
구해내기란 무리였다. 장 자크 루소의《사회계약론》이나
《누벨 엘로이즈》 같은 다양한 책을 읽으며 점점 시민들에게
감화되어가는 오스칼과 달리 마리 앙투아네트는 뼛속부터
왕족이었다. 그녀는 역대 왕족들의 씀씀이에 비하면 매우
검소한 편이었다고 하나 때를 잘못 만난 여왕이었다. 흔히
알려진 "빵이 없으면 과자를 먹으면 되지!"라는 말 역시
그녀의 말이 아니었다. 하지만 혁명은 피를 필요로 했다.

선량하지만 남자다운 매력이 없는 루이 16세 대신 수려한 스위스 귀족 한스 악셀 폰 페르젠과 마리 앙투아네트는 운명적인 사랑에 빠지지만, 두 사람의 신분 때문에 밀회조차 어렵다. 페르젠은 왕비와의 추문을 덮기 위해 미국 독립전쟁에 출전한다. 그런 그가 흔든 것은 마리 앙투아네트의 마음만이 아니었다. 평생을 군복에 싸여 살아온 오스칼의 마음도 흔들어놓았다. 한 번이라도 그의 눈에 여성으로 보이고 싶다는 소망이 생긴 오스칼은 페르젠이 미국 독립전쟁에서 무사히 돌아오자 태어나서 처음으로 여성 복식을 몸에 걸친다. 터키풍의 드레스를 입은 오스칼이 왕실 무도회에 등장하자, 그 아름다움에 사람들은 술렁거린다. 오스칼의 정체를 알아채지 못한 페르젠은 그녀에게 춤을 청한다. 오스칼은 사랑하는 사람 앞에서 단 한 순간이라도 여성으로 인정받았다는 사실에 만족하고 그 자리를 떠난다. 얼마 뒤 오스칼과 이야기를 나누다 오스칼이 그때의 귀부인이라는 사실을 확신한 페르젠은 그녀에게 두 번 다시 만나지 말자고 말한다. 자신의 마음은 이미 마리 앙투아네트의 것인데, 최고의 친구로서 아끼고 있는 그녀에게 헛된 희망고문을 할 수 없으니 확실히 잘라낸 것이다. 당장은 잔인할지 몰라도,

장차 생길지 모르는 상처를 미리 차단했다는 면에서 역시 신사라고 할 수 있다. 어렸을 때는 이 부분에서 페르젠의 훌륭함을 몰랐는데, 어른이 되고 나서 보니 그는 정말로 신사였다. 결코 맺어질 수 없고 손 한 번 잡아볼 수 없는 여인을 사랑하고 있는데, 오스칼처럼 지체도 높은 데다 지성적이고 눈부시게 아름다운 여성이 자신을 사랑하고 있는 것을 알게 되었다고 하자. 웬만한 졸장부라면 상처받지 않도록 쳐내기는커녕 이게 웬 떡이냐 하며 곁에 꼭 붙여놓으려고 갖은 애를 다 썼을 것이다. 왕비와는 절대로 가능하지 않은 육체적 사랑을 찾거나, 이뤄질 수 없는 사랑에 아파하는 자신에 대한 위로를 구하는 등 몸과 마음을 속속들이 이용해먹기 십상이었을 것이다. 페르젠의 처신은 참으로 깔끔했다.

그뿐 아니라 어른이 되고 나니 앙드레에게 좋은 점수를 주기도 어려워졌다. 예전에도 술에 취한 오스칼에게 키스했던 전적이 있는 앙드레는 오스칼이 사랑에 빠진 것을 보자 발등에 불이 떨어졌다. 오스칼이 군인으로 있는 한은 누구의 것도 아니기에 참을 수 있었건만, 상황이 달라진 것이다. 혁명의 전조를 느낀 오스칼의 아버지가 남편에게 보호받기를 기대하고 신랑감을 찾는 무도회를 열자, 오스칼은 남성용 예장 차림으로 참석해 연회를 한껏 비웃는다. 이 와중에 떠나지 않는 구혼자가 있었는데, 그는 기병대 시절 오스칼의 부하였던 잘생긴 귀족 제로델이다. 그는 앙드레의 마음을 눈치채고 그에게 아내 곁에 사모하는 하인 정도 두는 건 눈감아 주겠다고 말한다. 페르젠에 이어 제로델까지 잘난 남자들이 연달아 나타나자 앙드레는 초조한 마음에 오스칼의 옷까지 찢으면서 억지로 관계를 가지려 하기도 하고, 저승에서라도 맺어지겠다며 독이 든 포도주를 함께 마시려 준비하는 등 갖은 삽질을 한다. 그런데도 오스칼은 그의 아내가 되겠다며 손을 내민다.

　　오스칼을 지켜줄 무력도, 지위도, 재산도 없는 자신이라도 괜찮겠느냐는 앙드레의 질문에 오스칼은 대답한다. 정말로 소중한 것은 마음 착한 남자라는 사실을 대부분의 여자는 나이를 먹고 나서야 깨닫는다고. 그래서 마음 착한 것 말고는 뭐 하나 가진 것 없는 앙드레가 우리의 히로인을 차지해버린다! 그리고 프랑스대혁명이 발발하고 오스칼과 앙드레는 왕실을 등지고 시민들 편에 서서 목숨을 바친다. 오스칼이 이끄는 프랑스 위병대를 진압하라는 명령을 받은 제로델은 내 가슴을 포탄으로 찢고 그 위를 지나가라는 오스칼의 외침에 말머리를 돌린다. 사랑했던 이에게 그렇게 할 수 없다며, 차라리 단두대에 서겠다며 철수한 제로델. 군인에게 명령 불복종은 심각한 죄가 분명하니 좋은 대접이 기다리고 있지는 않았을 것이다.

우리의 오스칼이 민간인으로서 행복해지기를 바라는 마음에 나는 몹시 안타까웠다. 이 '언니'가 평생 군생활만 해서 남자 보는 눈이 별로 없구나 싶기도 했다. 아무리 소꿉친구의 정이 깊다 해도 추행범에 강간 미수범에 동반자살 미수범을 택하다니. 이 언니가 군인이라 의리와 사랑을 혼동한 게 아닐까, 제로델이 더 괜찮아 보이는데, 앙드레는 하인으로 데려가면 되지…. 여기까지 생각하고는 '아악, 어른이 되고 나니 영혼이 썩고 말았어!' 하고 비명을 지르고는 책을 덮어버렸다. 그래도 이게 다 오스칼 잘되라는 마음인데. 어쨌든 앞으로 어렸을 적 사랑했던 순정만화는 피하기로 했다. 추억은 소중하니까.

2장

위태로움 앞에 선
여자들

위대한 소녀는
위태로움에
서 있다

　요즘은 언뜻, 소녀들이 무진장 각광받는 것만 같다.
어떤 곳에서는 '이주의 소녀' 혹은 '이달의 소녀'처럼 일정
기한을 정해 그 기간을 대표하는 소녀를 뽑기도 한다.
그러나 그렇게 각광받는 소녀가 되려면, 절대적으로
무해無害해야 한다. 남성 아이돌은 해가 갈수록 각 잡힌
춤을 추고 점점 멋져지건만 여성 아이돌은 연령대가 점점
내려가는 것은 물론, 비교적 성숙한 연령대에 진입했다
하더라도 '샤샤샤' 하는 식의 애교를 강요당한다. 스무 살이
한참 지난 여성이 세상 구미에 가장 잘 맞는 형태의 교복을

입고 무대에서 깜찍한 춤을 선보이는 따위의 풍경은 너무 흔해 놀랍지도 않다. 이 재능 있는 소녀들이 이른바 '남돌'의 춤을 추는 강렬한 모습을 보면, 그걸 못해서 안 하는 게 아니라는 걸 알게 돼 심하게는 참담한 마음까지 든다.

소녀라는 단어가 요즘 고생 참 많이 한다. 한 텔레비전 프로그램에서는 무려 101명의 소녀가 옛날 '미스코리아'가 텔레비전에 중계되던 것과 똑같은 방식으로 얼굴과 몸매, 성정과 실력을 모든 측면에서 평가받는다. 그렇게 가혹한 잣대를 통해 우리 사회는 자꾸만 소녀들을 선발하고 새로운 소녀들을 소환한다. 그런 소녀가 되려면 바늘귀보다 좁은 문을 통과해야 한다. 무해하고, 애교스럽고, 섹시하되 자신이 섹시한 것을 알아서는 안 되며, 성적으로 매력적이되 성생활을 하지 않(을 것 같은 느낌이)고, 사랑스럽고 가녀리면서도 아재 음식을 좋아하며, 입이 찢어져라 고기쌈을 밀어넣지만 결코 살이 쩌지 않을뿐더러, 부러질 것 같은 팔다리를 하고도 체육대회나 군사훈련에서 두각을 나타내야 하는 것이다. 소녀들은 옛날부터 여러 이야기의 주인공이었지만, 지금 한국에서 소녀가 소비되는 방식처럼 기괴하지는 않았던 것 같다.

이와는 조금 다른 모습의 소녀도 있다. 이를테면 〈작은

아씨들〉의 그녀들이다. 1994년 〈작은 아씨들〉 영화판에서는
장차 〈다크 나이트〉가 될 남자 크리스천 베일이 해사하고
연약한 옆집 귀족 청년 로리 로렌스 역을 맡아 조금
우습기도 하다. 〈작은 아씨들〉에서 남북전쟁 때문에 입대한
아버지는 "다음에 만날 때까지는 모두들 작은 아씨들이
되어 있기를"이라는 강령이 적힌 편지를 딸들에게 보낸다.
이에 아버지가 돌아올 때까지 천로역정을 매뉴얼 삼아 밤낮
분투하는 소녀들의 모습은 왠지 우스꽝스럽고 귀여운데,
우리가 어릴 적 본 〈작은 아씨들〉은 소녀 시절만 기록한
축약판이라 교훈적인 면만 강조되어 이들의 인간적인
모습은 볼 수 없다. 삭제된 장면 중에는 이런 내용도 있다.
다친 아버지를 보러 가는 어머니의 여비를 마련하기 위해
갸륵하게도 아끼는 머리채를 잘라 판 조가 침대에서 울고
있다. 그 모습을 본 메그가 "울지 마, 아버지는 곧 나아지실
거야"라고 위로하자 조가 "난 내 머리 때문에 그러는
거야"라고 대꾸한다. 이 광경은 모범의 화신들보다 한층
친근한 느낌이다. 맏딸 메그 역시 삽질에서는 동생에게
밀리지 않는다. 또래 총각인 부르크 선생이 은근히 마음에
들지만 막상 그의 청혼은 마구 튕기면서 빼긴다. 때마침
방문한 마치 할머니가 다짜고짜 메그에게 "저런 놈과

결혼할 생각이냐"라고 야단치며 흥분하자 갑자기 메그가 "내 결혼은 내가 하는 거예요"라고 발끈한다. 사실 전혀 그와 결혼할 생각이 없었는데도! 단지 '개기다가' 그만 그와 약혼하고야 만다. 언니가 당연히 능글맞은 구혼자를 격퇴했을 것이라 믿었던 조의 눈에 믿을 수 없는 두 사람의 러브신이 펼쳐지자 뛰쳐나온 조는 "누가 이리 와 봐요. 부르크가 메그에게 이상한 짓을 하고 메그가 그걸 좋아하고 있어요!"라고 생생하기 짝이 없는 표현으로 고래고래 고자질한다. 그러나 아무도 조에게 동조하지 않고 되레 새로운 커플의 탄생을 축복하자 조는 다락으로 뛰어가 충직한 쥐들에게 이 슬픔을 하소연한다.

주인공답게 조의 기박함은 여기서 끝이 아니다. 속편 〈행복한 신부들〉에서 "나는 누구에게 신세 지는 것 따위 딱 질색이야"라고 가족들에게 토하는 열변을 친지들이 듣는다. 하필 조의 오랜 꿈인 유럽 여행을 함께 가자고 제의하러 찾아온 참이다. "신세 지는 것이 저렇게 싫다니 어쩔 수 없군…"이라는 상황이 전개되면서 행운을 잡은 것은 엉뚱한 막내 에이미. 조에게 걷어차인 마음을 달래기 위해 도피성 유럽 여행을 떠났다가 에이미와 비밀리에 결혼식을 올린 뒤 집으로 돌아온 로리는 조에게 고백한다.

"내 마음속에서 너와 에이미는 한 사람과도 같아."

갓 결혼해 처음 처가를 방문한 새신랑이 처형에게
하는 말치곤 참으로 걸작이 아닐 수 없다. 임성한 스타일의
막장 드라마 따위는 이미 이때부터 존재했던 것이다.
이만하면 어린이 명작은커녕 치정소설 반열에 올라도 전혀
모자라지 않을 터인데, 메그가 돈 없는 가정교사와 결혼해
밤낮 살림에 허덕거리는 모습이 리얼한 것을 보면 어쩌면
진정한 성장소설 같기도 하다. 소녀들에게 '자 봐라. 함부로
시집갔다가는 이렇게 되는 것이 인생이다!'라고 말하는….

전편에서도 죽을 고비를 넘겼던 베스는 로리에
대한 아무도 모르는 외사랑을 품고 상사병으로 끝내
세상을 뜬다. 죽기 전에 "왜 다들 집을 떠나려고만 하지?
언제까지나 같이 살면 좋을 텐데. 나는 집이 가장 좋아"라며
호러 영화 분위기로 섬뜩하게 중얼거리는 장면은 '나는
죽어서도 집이 좋아'라며 머리를 풀어헤치고 집귀신으로
재등장해도 전혀 이상하지 않을 것처럼 오싹하다.
어쨌거나 결국 우리의 조세핀 마치는 주변의 경악을
뒤로하고 한참이나 연상의 프레드릭 선생이라는 남자와
결혼해버린다.

어쨌든, 소녀란 그들을 좋아하는 사람들이 생각하는

그런 것이 아니다. 《빨간 머리 앤》의 몽고메리가 쓴 다른 작품인 《에밀리》의 한 구절로 마무리하자. 열렬한 작가 지망생 에밀리 스타는 격한 성격의 단짝인 아일즈 버리와 종종 다투곤 하는데, 어느 날 장난감 집 문제로 싸우다가 머리끝까지 화가 난 아일즈가 에밀리에게 말한다.

"내가 너보다 좋은 시를 쓸 수 없다면 목을 매달아 자살해버리겠어."

에밀리는 대답한다.

"내가 네게 밧줄 살 돈을 보내주마."

다시 한 번, 소녀란 그런 것이 아니다. 사실 그들은 사람들이 소비하는 것과는 전혀 다른 방식으로 멋진 존재다. '샤샤샤'에 살랑살랑대는 춤을 추던 소녀가 음악이 바뀌면 눈빛이 달라지면서 한다 하는 남성 아이돌의 강렬한 춤을 너무나 가볍게 소화하듯.

《그것은 썸도 데이트도 섹스도 아니다》라는 로빈
월쇼의 책이 있다. 1982년 미국 32개 대학 6000여 남녀
대학생의 경험 분석을 통해 '아는 사람에 의한 강간'을 다룬
두꺼운 책인데, 여기에서 이야기하는 화두들이 한국에는
최근에야 도착한 것 같은 느낌이다. 나 역시 얇지 않은 이
책을 보면서 나와 내 몸에 일어났던 일을 직시하게 됐다.
이를테면 지금은 시간이 많이 흘러 영화에 대한 이야기를
글로 쓸 수 있게 되었지만, 한동안 영화 스크린은커녕 영화
포스터조차 똑바로 바라보지 못한 채 고개를 푹 숙이고

땅바닥만 쳐다보던 시절이 있었다. '영화'라는 단어의 획 하나하나가 날카로운 칼날처럼 가슴을 저몄다. 그렇다. 이것은 나의 '미투' 이야기다.

스무 살 무렵 삶은 간단치 않았다. 과대표였던 캠퍼스 커플 남자친구는 나이 차이가 많아 꼭 어른처럼 보였다. 그는 내게 큰돈을 빌린 채 갚지 않았고, "갚아봤자 네가 옷 사고 신발 사는 데나 쓰지 않겠느냐"며 당당했다. 과에는 말이 이상하게 퍼져 결국 나는 휴학을 했고 교수님에게 중재를 부탁하겠다는 최후 수단을 쓰고 나서야 해결할 수 있었다.

그즈음 어느 중견 영화사를 통해 모 감독을 소개받아 함께 시나리오를 개발하기로 했다. 오래전부터 시나리오 작가가 꿈이기도 했지만, 학교에서 완전히 밀려나 고립된 상황에서 '입봉'은 학교로 돌아갈 수 있는 당당한 핑계가 되어줄 듯했다. 어떻게든 데뷔하고 싶었다. 감독을 자주 만나야 했다. 감독은 30대 초중반의 유부남이었고 인간성 좋은 사람으로 주위에서 인정받고 있었다. 나 역시 그를 그렇게 생각했다. 그런데 언젠가부터 시나리오 작가와 감독 사이에 일어나서는 안 될 것 같은 '터치'가 수시로 일어났는데, 어느 순간에 화를 내야 할지 도무지

알 수 없었다. 거절하기도 두려웠고 거절하지 않는 것도
두려웠다. 내가 데뷔에 목숨을 걸수록 그의 손길을 내치기
어려웠다. 아마도 그는 미투 가해자로 지목된 사람들이
말하는 것처럼 그 관계를 연애 감정으로 생각했을지도
모른다. 나는 엉킨 실타래를 어디서부터 풀어야 할지 몰라
괴로웠고, 시나리오를 쓰기 위해 조용한 모텔을 잡아주는
영화판 관례대로 그곳으로 들어갔다. 자정이 가까운 시간
감독에게서 전화가 왔다. 지금 그리로 가도 되느냐는.

번민이 시작됐다. 시나리오 개발을 하자는 것일 수도
있기에 거절할 용기가 없었다. 애써 일 때문일 거라고
생각하고 마음을 다잡았는데, 객실 문이 열리자마자
쏟아져 들어온 그는 술 냄새를 풍기며 내 옷 속으로
손을 집어넣어 몸을 더듬었다. 온 힘을 다해 풀려난 뒤
어찌할 바를 몰라 룸메이트에게 전화를 걸어 자초지종을
털어놓았다. 2차 가해는 그때부터 시작이었다. 그녀는
"내 남자친구가 그러는데, 그 사람이 오해할 수 있는
상황이라는데?"라고 말했고, 나는 힘없이 전화를 끊었다.
영화사 직원에게 그간 있었던 일을 설명하자 영화판에서
잔뼈가 굵은 여성 PD는 "그러게 감독님에게 꼬리를
치더라니…"라고 말했다. 그 이후 그 발언에 대해 사과를

요구하자 "조그만 게 잘해줬더니 이젠 박박 기어올라?"라고 답했다. 내 말을 들어주는 사람은 없었다. 신속하게 나는 그 프로젝트에서 퇴출됐고, 그 감독은 지금도 차분히 영화를 만들고 있다.

영화판을 떠나 작은 회사에서 일할 때 그때의 나처럼 스무 살이던 막내 직원이 팀장에게 똑같은 일을 겪었다. 나는 남자 직원들이 이 일을 어떻게 처리하는지 눈에 불을 켜고 감시하기 위해 경찰서로 따라갔다. 그러나 내가 그녀를 지켜줄 필요는 없었다. 내 스무 살 때 영화사 관계자들은 모두 대학 시절 정의로운 운동에 몸담은 사람들이었고, 명문대학을 나온 엘리트들이었다. 그러나 중소기업에 재직하는 고졸 직원 두 사람의 처신이 훨씬 품위 있었다. 그들은 막내 직원에게 가장 먼저 "네 책임이 아니다"라고 말하며 무슨 일이 있어도 그 직원 편에 서겠다고 다짐했다. 문제를 일으킨 팀장이 그 두 사람과 절친한 사이였는데도 그것은 아무 문제가 되지 않았다. 한국에서는 성범죄 피해자가 문제를 잘 해결하고 다시 일어나기 위해서는 관계된 남자들의 인품이 훌륭하기를 바라야 한다. 곧, 그저 운에 기대는 수밖에 없다.

그 회사에서 회식이 있던 어느 날, 부장 손이 엉뚱한

곳에 와 있는 것을 발견했다. 내 등에서 시작해 허리로
슬금슬금 손이 내려왔다. 이리저리 피해도 계속됐다. 조명이
컴컴한 데다 인원이 많아 누구도 그것을 보지 못했고, 나
혼자 얼굴이 벌게진 채 과일 안주 접시라도 엎어야 하는지,
손을 잡아 꺾기라도 해야 하는지 알 수가 없어 얼굴만 계속
빨개졌다 파래졌다 하다가 결국 가방을 집어 들고 인사도
없이 그 자리를 빠져나왔다. 며칠을 혼자 고민하다 같은
팀 남자 직원 두 사람에게 의논을 했다. 부장의 손장난을
털어놓자 그들은 정의로운 얼굴로 나를 마구 야단쳤다.

　"김현진 씨 정말 실망이에요. 용감한 사람인 줄
알았는데…. 그 자리에서 화를 냈어야죠. 지금 뭐 하는
짓이냐고 했어야죠. 현진 씨는 좀 다른 사람인 줄 알았는데
실망이네요."

　나는 순간 둔기로 머리를 얻어맞은 것 같았다.
실망시켜서 미안하다고 빌어야 하나? 이런 문제를 그냥
넘어가지 않고 악을 쓰면 "평소에 네가 꼬리 치던 행실을
보아하니 그런 일 있을 줄 알았다"라는 취급을 받곤
한다. 그렇다고 그 자리에서 일단 참고 나중에 믿을 만한
사람이라고 생각해 의논하면 "진작 왜 안 돼요, 싫어요 하지
않았느냐"고 비난을 받는다. 도대체 어느 장단에 춤을 춰야

할지 알 수 없었다.

지금도 수많은 여성이 어느 장단에 춤을 춰야 할지
몰라 고뇌하고 있을 것이다. 지금에서야 말하는 게 아니라
이제야, 그것도 많은 고통을 삼켜가며 털어놓는 게 미투
피해자들의 마음일 것이다. 내 몸을 누가 함부로 할 때의
모욕감과 고통의 기억을 꺼내는 것이 얼마나 캄캄하고 슬픈
길인지 안다면 감히 '미투는 공작' 같은 소리를 할 수 없을
것이다. 찌르는 듯한 고통을 꺼내 전시하며 공작 행위를
할 사람이 누가 있단 말인가. 이 고통 앞에는 진영이 없다.
진보도 보수도 없다.

미투는 절대 섹스의 기억이 아니다. 미투를 섹스,
그리고 섹스 스캔들로 이해할 때 미투 피해자는 다시 한 번
고립된다. 그것은 섹스가 아니라 고통의 기억이다. 시간이
지난 뒤 나는 겨우 다시 영화를 볼 수 있게 되었다. 모든
미투 피해자들에게도 삶을 회복할 기회가 주어지길 바란다.
고통만 이어지기에는 우리의 남은 인생이 너무나 길다.

깊은 상처만큼
채워지지 않는
허기를 달랜다

지금 나는 그 어느 때보다 열심히 운동을 하고 있다. 왜냐면 늘 유지하던 몸무게보다 30킬로그램이나 불어버렸기 때문이다. 쭉 유지하던 무게로 돌아가기 위해 철저하게 식사 조절을 하면서 스포츠센터를 다니고 있는데, 탈의실에 온통 붙어 있는 전면 거울에 투덕투덕 지방이 붙은 내 몸을 비춰보면 한숨이 나온다. 물론 내 몸이 싫어서 한숨이 나오는 것도 있지만, 나를 둘러싼 이 지방들이 한때 나를 지켜줄 것이라고 생각했던 과거의 기억을 떠오르게 해서다.

평범한 한국 여성이라면 아이 때부터 시작해 크고 작은 성폭력에 노출된다. 나 역시 한국 여성이므로 내 몫의 성폭력을 감당해야 했다. 그러다가 몇 년 전 '남자들이 정말 싫다!'는 생각이 들 정도로 성폭력에 노출되어 있던 시기가 있었다. '내가 혹시 옷을 야하게 입었나?' '오해할 만한 눈짓 같은 것이 있었나?' 하고 자기검열을 하고 또 하는데도 업무상 만난 남자들에게 마치 '공공재' 같은 취급을 여러 번 받자 나는 예쁘게 꾸미고 다니는 것을 포기했다. 그리고 먹기 시작했다. '먹기'라는 행위가 주는 안온하고 따뜻한 상태에도 매력을 느꼈지만, 살이 찌면 찔수록 살찌고 매력 없는 나에게 더는 남자들의 성희롱이나 성추행은 없을 거라는 자기방어적 행동이었다. 내 살들은 나를 지켜주는 갑옷이었다. 이 살들은 내가 욕망의 대상이 되지 않게끔 둘러친 담이 되어주었다. 살들이 나를 둘러싸고부터 남자들의 지분거림이 없어졌다.

하지만 그렇다고 고통이 사라진 건 아니었다. 나에게 성적 매력을 느끼지 못하는 남자들은 마치 그들에게 성적 매력을 느끼게 하지 못하는 내가 큰 잘못을 저지르고 있는 것처럼 굴었다. 이제 자타 공인 '뚱뚱한 여자'가 된 나는 날씬한 여자일 때와 별다를 것 없이 아무렇게나

취급받았다. '살 빼라'로 시작된 온갖 모욕이 치근거림이
있던 자리를 차지했다. 한국 사람들은 뚱뚱한 사람들에게
'살 빼라'며 모욕을 주는 행위가 결국 그 사람이 살을
빼게끔 하는 긍정적 행위로 이어지리라 생각하는 것 같다.
그러므로 자신들이 도의적으로 옳은 일을 하고 있다는
식이다. 나는 결국 중성지방이 위험 단계로 드러나고
당뇨병을 비롯한 각종 성인병이 발견되어 다이어트를
시작했지만, 예전에 겪은 성폭력에 어떻게 대처해야 할지
아직 답을 찾지 못한 상태다. 나 말고도 많은 여성이
'욕망당함'의 괴로움과 '욕망당하지 않음'의 괴로움 사이에서
방황하고 있을 것이다. 예를 들면《나쁜 페미니스트》라는
책으로 유명한 작가 록산 게이 역시 그런 여자였다.
《헝거》라는 책에서 록산 게이는 자신의 몸에 대한 기억을
무자비할 정도로 솔직하게 소환한다. 그녀에게는 '비포'와
'애프터'가 있는데, 보통 다이어트 광고에 실리는 살쪘던
비포와 날씬해진 애프터가 아니다. 열두 살 때 윤간 경험이
있기 전과 그 일이 있고 난 후가 록산의 인생에서 비포와
애프터로 갈린다.

　　그녀는 가장 살이 쪘을 때 키 190센티미터에 몸무게
261킬로그램이었다고 한다. 지금은 그것보다 몇십 킬로그램

적게 나가지만 비행기를 타거나 할 때 자신을 위한 특별한 장치를 가지고 타야 하고, 작가 간담회 등에서 의자를 망가뜨리지 않기 위해 식은땀을 흘리곤 한다.

록산 게이는 이 책에서 자신의 "가장 추하고, 가장 연약하고, 가장 헐벗은 부분을 드러내겠다"고 말한다. 그녀는 '병적인 초고도 비만'이다. 늘 그랬던 건 아니었다. 열두 살 시절의 연인이 록산을 숲속으로 꾀어 제 친구들과 윤간한 이후 '숲속 소녀'가 되어버린 록산은 달라진다. 그 파괴 현장에서는 간신히 살아남았지만 다른 문제가 생겼다. 강간을 당하기 전과 후의 록산은 반으로 나뉘었다. 그녀는 자신의 몸을 '감옥'이라고, 그리고 스스로 만든 '우리cage'라고 부른다. 그러면서 그는 자신을 불행했지만 안전했다고 회상한다. 나 역시 살 속에 갇혀 있을 때 그렇게 느꼈다. 아무도 나를 만지고 싶어 하지 않았다. 강간당한 뒤 록산 게이는 먹고 또 먹었다. 그러면 잊을 수 있을 것 같아서다. 자기 몸이 아주 커지면 다시는 망가지지 않을 것 같았다고 그녀는 회상한다. 그 일이 일어났을 때 그들에게 록산의 몸은 인간이 아닌 '여자의 살과 여자의 뼈가 있는, 갖고 놀 수 있는 하나의 물건'이었다. 록산은 살이 찌면서 안전해졌지만 하루하루 자신을 싫어하게 되었다. 자신을 싫어하는 게 숨 쉬는 것만큼이나 자연스러워졌다. 나 역시 부풀어오를수록 내가 싫어졌다. 내 몸과 나의 관계는 건강하지 않았고 아이러니로 가득 찼다.

록산도 그랬다. 숲속에서 그 일이 있고 난 뒤 록산은 "자기 몸을 잃었다"고 말한다. 그리하여 누구든 원하면 자신의 몸을 마음대로 사용할 수 있다는 것, 남자들은 그 냄새를 귀신같이 맡았다고. 그런 상황에서 음식만이 록산 게이에게 즉각적인 만족을 주었다. 사랑을 향한 허기도 있기 마련인데, 록산은 그것을 무시하고 자신을 더 커다랗게 만들었다. 그럼으로써 자신을 더 안전하게 가두고 누구도 자신에게 접근하지 못하도록 선을 그었다. 록산은 마음대로 다뤄진 자신의 몸을 요새로 만드는 데 전력을 다한다. "강간을 당한 것은 내 잘못이고, 나는 그런 일을 당해도 싼 인간이고, 숲에서 일어난 그 일은 나처럼 한심한 여자애에게 일어날 만한 일이었다고 생각했다"는《헝거》의 구절은 내 마음과 꼭 같았다. 록산은 점점 더 자신의 몸과 분리되었고 남자들에게 무시당함으로써 안전해지고자 했다. 남자들에게 무無의 존재가 되려 한 것이다. 시간이 지날수록 자신의 몸에서 도망치고 싶었지만 어떻게 해야 이 몸에서 빠져나갈 수 있을지 알지 못했다. 몸무게를

40~50킬로그램 빼는 데 성공한 적도 있었지만 번번이 다시 돌아갔다. 살은 무관심, 경멸, 노골적인 적대감을 끌어당기는 피뢰침 같았지만 그것을 다 참았다고 그녀는 회고한다. 왜냐하면 과거에 한 번 망가졌고, 이후로도 자기 몸을 망가뜨려 대접받을 자격 같은 게 없다고 생각했기 때문이다.

록산이나 나 같은 사람에게는 그가 쓴 책의 제목처럼 채워지지 않는 '허기'가 있다. 음식으로는 절대 채울 수 없는 맹렬한 허기. 하지만 세상은 뚱뚱한 사람은 그런 허기를 채울 자격이 없다고 말한다. 록산 게이는 책을 통해 그 허기를 철저하면서도 솔직하게 알린다.

자기 몸과 나쁜 관계를 맺고 있는 이들에게 록산의 책을 권하고 싶다. 우리는 자신에게 채워야 할 허기가 있다는 것조차 스스로 인정하지 않는다. 세상 역시 허기로 고통받는 여성의 아픔을 좀처럼 인정해주지 않는다. 하지만 그 허기는 채워져야만 한다.

하늘의 절반을
떠받치는 건
여성이다

영화 〈서프러제트〉에는 불세출 배우 메릴 스트리프가
5분 정도 등장한다. 주인공 모드가 무명 운동가로 나와
여성 참정권을 위해 싸운 역사 속 실제 인물 에멀린
팽크허스트와 잠시 조우하는데, 메릴 스트리프가 이
에멀린 팽크허스트 역할을 맡은 것이다.《싸우는 여자가
이긴다》라는 책은 에멀린 팽크허스트의 자서전이다. 자신은
물론 딸까지 모든 것을 여성참정권운동에 바친 그녀의
삶은 너무도 투철하다. 2016년 총선 얼마 전 한국에서도
어느 아저씨가 여성은 기능적으로 투표에 맞지 않으니 그

선택을 남성에게 맡겨야 한다는 시대착오적 발언을 공적 지면에 당당히 피력한 바 있으니, 한 세기 전 사람 에멀린 팽크허스트는 얼마나 고독했을까 싶기도 하다. 우리에게 《초원의 집》으로 잘 알려진 소설에서 로라 잉걸스도 결혼 생활을 시작하면서 남편과 가치관에 대한 대화를 나누다가 "난 여성 참정권은 원하지 않아요"라고 말하는 장면이 등장한다. 서부 개척 시대를 힘차게 살아가면서 시각장애인이 된 언니를 위해 어린 나이에 교사직을 구하고 당시에는 낯선 개념이었던 아르바이트를 척척 해나가는 이 씩씩한 여성까지도 투표권을 원하지 않는다면서 딱 남성과 기존 사회가 원하는 만큼만 재기발랄한 모습을 보였다. 반면, 열렬한 여성참정권운동가로 등장하는 남편의 누이는 다소 주책스럽고, 나서기 좋아하고, 허세 부리는 일에 관심을 갖는 여성이라는 식으로 묘사된다.

페미니스트들에게 씌워지는 굴레는 항상 이와 비슷하다. 할 일 없이 나대는 여자, 남자가 없어서 미쳐버려 결국 남자에게 적대적이 된 욕구 불만의 불쌍한 여자, 못생기고 추한 괴물 같은 여자…. 오늘날 '메갈'이라고 싸잡히며 남혐 조장자라 불리는 페미니스트들에게도, 참정권을 외치는 서프러제트들에게도 이런 잣대는 똑같이 작용했다. 그러나 에멀린 팽크허스트는 참정권을 요구할 때 거창하지 않았다. 생물학적 아버지에게서 버려져 살아남기 위해 위험한 노동을 해야 하는 어린이들, 자신을 보호할 어떠한 제도도 갖지 못한 여성들을 언급하며 그녀는 대중을 향한 연설에서 "여성에게 참정권이 없기에 고통받는 노동자들, 어머니들, 어린이들이 있다"라고 외친다. 한마디로 살기 위해, 살리기 위해 참정권을 달라는 것이었다.

여성을 노린 범죄 가운데 최악이었던 '강남역 10번 출구 살인사건'을 시발점으로 여성이 목소리를 낸 지 벌써 몇 해가 되었고 2018년 혜화역에서 열린 시위에는 전국 각지에서 3만여 명이 모여들었다. 친구들과 노래방에 있다가 잠깐 화장실에 간 사이 끔찍한 범죄의 희생자가 된 강남역 살인사건의 피해 여성을 통해 수많은 한국 여성이 자기 자신의 모습을 보았다. 많은 여성이 이 피해자가 자신을 대신해 죽었다고 느꼈다. 나는 '우연히' 살아 있을 뿐이라는 슬픈 자각이 맴돌았다. 모두가 예민해서가 아니라, 숱하게 죽을 뻔한 순간을 단지 운이 좋아 지나쳤다는 것을 스스로 알고 있기 때문이다. 그 자리에 다른 어느 여성이 있었어도 죽을 수 있었다는 것, 그게 충분히 나였을 수 있다는 것을 알기에 이 여성의 죽음을 또다른 자신의 죽음처럼 느낀 것이다.

여성 문제를 여성이 심각하게 받아들이기 시작한 2016년. 가락동의 어느 아파트에서는 이별을 요구한 여성이 대낮 아파트 정문에서 남자친구에게 흉기로 여러 번 찔려 사망하는 끔찍한 사고가 있었고, 연달아 신안에서는 여성 교사가 학부모들에게 성범죄를 당하는 일이 발생했다. 이 교사가 성범죄 피해자가 해야 할 뒤처리를 제대로 하지 않았더라면 무슨 끔찍한 일이 일어났을지 모르는 것이, 피의자들이 몇 시간 뒤인 새벽에 범행 현장인 교사의 집을 다시 찾아가서다. 2차 성범죄나 최악의 경우 증거 인멸을 위한 더 무서운 범행이 일어나지 않았으리라는 법이 없다.

여성이 이렇게 공포를 느끼는 것은 기분이 아니라 생존의 문제다. 강남역 10번 출구 사건 현장의 추모 활동에서부터 혜화역 시위에 이르기까지 여기에 참여하는 여성은 대부분이 마스크를 썼다. 얼굴이 알려질 경우 받게 될 피해를 두려워할 수밖에 없는 상황 탓이다. 최근 이런 여성들을 두고 '쿵쾅'거린다면서 과격하다는 비판이 있다.

그러나 《싸우는 여자가 이긴다》에서 서프러제트들의 활동을 보면, 당시 귀중한 재산이던 유리창을 툭하면 깼다. 인명 피해를 고려해 사람이 살지 않는 집을 폭파했다.

영국인들이 재산 다음으로 소중히 여기던 경마 현장에
뛰어들어 참정권을 보장하라고 외치며 국왕의 말 고삐를
잡으려던 에밀리 와일딩 데이비슨은 말발굽에 짓밟혀
끝내 사망했다. 감옥에 가두면 단식투쟁을 했으며,
박물관에 전시된 귀중한 미술작품에 손상을 입혔다.
식물원의 아름다운 난초들을 재로 만들기도 했다. 결국
관광업을 중시하던 영국의 문화유산에 타격을 입히자는
서프러제트들의 시도는 일정 정도 성과를 거두었다.

서프러제트들의 활동에 비해 한국 여성들의 행동은
과연 과격한가. 과격한 것이 옳고 아름답다는 이야기가
아니라, 한 세기 전 영국 여성들의 활동에 비해 한국
여성들의 활동은 행진하고, 서로를 위로하고, 인터넷에서
남자들의 기분을 좀 나쁘게 만드는 정도로 그야말로
'고요한 아침의 나라'에서 할 만한 것들 아닐까.

에멀린 팽크허스트는 이 책에서 딱 잘라 말했다.

"여성에게는 상원도 하원도 없다."

서프러제트들은 당시 영국 사회에서 '여성의 본분을
벗어난 일'을 한다는 이유로 격렬하게 비난받았다. 정치
집회에 참석한 이들은 당신들이 집권하면 여성에게
투표권을 줄 것이냐고 물었다. 에멀린의 딸 크리스타벨은

이렇게 큰 소리로 질문했다가 폭도로 변한 청중에게 주먹으로 얻어맞는 애니 케니를 한 팔로 끌어안고 다른 팔로 군중을 밀어내다가 소매가 피로 물들었다. 여성으로 구성된 시위대를 향해 기마경찰이 돌진할 만큼 폭력적인 진압이었다. 그러나 여성들은 서로 꼭 붙어 소리쳤다.

"질문에 대한 답변을 요구합니다!"

모여서 행진하기 시작한 한국 여성들의 질문도 한동안 그치지 않을 것이다.

"답변을 요구합니다!"

모택동은 중국 여성들에게 하늘의 절반을 떠받치고 있다고 말했다. 한국 사회는 답변을 요구하는 하늘의 절반에게 무엇을 돌려줄 것인가.

○

우리는
거울 앞에서
너무 많은
시간을 보냈다

20대 초반에서 30대 초반까지 나는 정말 거울 앞에서 많은 시간을 보냈다. 2차 성징기에 스테로이드가 든 한약을 먹어 13킬로그램이 찐 통통한 소녀가 된 다음부터 항상 살이나 몸매는 내 관심거리 중 제일 높은 위치를 차지했다. 그래도 요즘 소녀들을 보면 내 통통했던 소녀 시절은 그나마 나은 거라는 생각이 든다.

인터넷에서 돌아다니는 자료 중에는 여고생 교복 상의와 6~7세 아동 상의를 비교한 사진이 있다. 당황스럽게도 크기에 별 차이가 없다. 한국 사람 체형이

서구화되면서 키 큰 여학생이 많을 것 같은데, 의외로 별로 없는 듯하다. 아니 오히려 코스모스처럼 말랐다. 요즘은 유치원생도 자신이 뚱뚱하니 다이어트를 해야 한다고 이야기한다.

내가 중고생일 때는 어른들이 "대학 가면 살 다 빠진다"라며 선의의 거짓말이라도 해주었다. 적어도 소녀들은 떡볶이나 햄버거 정도는 실컷 먹었다. 다들 먹성이 좋았다. 그러다가 걸그룹이 하나둘 등장했고, 뺨이 미어져라 떡볶이를 먹던 소녀들은 더이상 생긴 대로 살 수 없다는 현실에 직면하고 말았다. 더 어린 나이부터 아름다워져야 했다. 그로부터 10년이 훌쩍 지난 지금 소녀들은 또래지만 자신보다 아름답고 섹시하며 무엇보다 날씬한 연예인들을 보면서 음식을 제대로 넘기지 못한다. 세상이 소녀들에게 일찍부터 아름다워질 것을 강요하고 있는 것이다. 그토록 많은 가녀린 또래 모델이 쏟아지고 있는데 날씬해지려고 노력하지 않을 용기가 있는 소녀가 몇이나 되겠는가. 조사 결과에 따르면 요즘은 4살짜리 여자 아이들도 다이어트 경험이 있다고 한다.

어쩌다 세상이 이렇게 돌아가게 되었을까? 최근 살이 많이 찐 나는 아예 거울을 보지도 않지만(사실 이것도

정상이라고 볼 수는 없다) 그 이전 몇 년간은 건강과 미용을
위해 꾸준히 운동을 했고 먹는 것도 조심했다. 옥수동에
살 때는 한강 다리를 빠르게 걸어 논현동에 있는 회사로
출퇴근하기도 했다. '홈짐home gym'이라는 말이 생겨나기
전부터 집에서 중량 운동을 꾸준히 했다. 물론 어디까지가
건강을 위한 것이고 어디까지가 미용을 위한 것인지
언제부터 나 역시 알 수 없었다.

수년 전 '글 쓰는 젊은이'라는 테마로 나와 한 다발로
묶인 적 있는 내 또래 청년이 있다. 내가 땀을 흘리며
걷고 아령을 들어 올리는 동안 그는 영어 공부를 했고,
몇 년이 지난 뒤에는 원서를 번역할 수 있을 만큼 실력을
갖추게 되었다. 건강도 미용도 지금은 모두 잃은 나는 그
시간에 거울 보지 말고 딴 일을 했다면 어땠을까 싶은
자기비하적인 생각이 들었다. 그러다 우연히《거울 앞에서
너무 많은 시간을 보냈다》를 집어 들었다.

미국 노스웨스턴대학 심리학과 교수이며
일리노이대학에서 심리학을 전공한 이 책의 저자 러네이
엥겔른은 15년 전 열정적 대학원생일 때부터 여학생들을
인터뷰하며 인종이나 생김새를 막론하고 그들이
공통적으로 가지고 있는 부담을 발견한다. 한 사람도

빼놓지 않고 심하게 말하면, 자기 몸을 미워하고 있었다.

단순히 아름다워지고 싶어 하는 게 아니라 아름다움에 대한 욕망이 지식욕이라든가 다른 욕구를 압도하고 있다는 것이 저자를 놀라게 했다. 이제 막 성인이 된 어린 여성들은 몸매가 빼어나지 않다고, 피부가 깨끗하지 않다고 자신을 탓했다. 패션지나 미디어에 나오는 아름다운 여성의 모습과 같지 않다고 괴로워했다. 이제 막 대학에 입학해 배우고 느껴야 할 것이 많은데, 몸에 셀룰라이트가 있다거나 44사이즈가 아니라며 힘들어하는 것이었다.

그래서 저자는 연구 과제로 이 여성들을 택했다. 이미지가 얼마나 여성을 괴롭히는지에 대해, 거울 앞에서 너무 많은 시간을 보내는 여성의 '영혼'에 대해 연구하기로 한 것이다. 미디어 이미지에 등장하는 여성 모습이 실은 섭식장애를 앓아야 가능한 몸매라는 것쯤은 여성들도 알고 있다. 바보가 아니니까. 현실 세계에서 늘 빅토리아 시크릿(섹시한 언더웨어 브랜드로, 톱모델들이 이 브랜드 모델이 되어 '빅토리아 시크릿 에인절'로 각광받는다)처럼 보일 수 없다는 걸 여성들도 안다. 그나마 다행한 일이었다. 하지만 아는 것만으로는 충분하지 않았다. 여전히 저자가 연구 대상으로 삼은 여성들은 섭식장애나 포토샵 없이 이뤄질 수 없는 몸매를 보며 "이걸 보고 나니 밥을 못 먹겠어"라고 말했다. 매체에서 갈비뼈가 드러날 정도로 마른 여성을 보면서 도저히 밥숟갈을 입에 넣을 수 없었던 경험은 내게도 친근했다.

저자는 이런 현상을 '뷰티 시크니스beauty sickness'라 불렀다. 여성에게 아름다움이야말로 가장 중요한 것이라는 가정이 '뷰티 시크니스'다. 여기서 아름다움은 쉽게 계량할 수 있는데 몸무게, 곧 '신체 사이즈'로 측정이 가능하다. 일반인은 계속 덩치가 불어나는 데 반해 모델들은 점점 말라간다. 모델 사이즈의 여성은 전체 인구의 2퍼센트에 불과하다. 그래서 미디어 이미지가 보여주는 아름다움에는 일반인이 접근조차 할 수 없다. 모델이나 배우들이야 얼굴로 사는 직업이니 그럴 수 있다 치더라도, 일반인은 그렇게 살지 않아도 되는 게 아닐까. 하지만 우리 사회는 여성의 아름다움이야말로 가장 가치가 높은 화폐라고 계속 말한다. 전통적 미의 기준을 갖추지 못한 여성은 계속해서 조롱받는다. 이런 평가를 받다 보면 여성 내면에 스스로를 평가하는 잣대가 생겨난다. 뷰티 시크니스의 상징인 이 잣대를 부러뜨리는 게 뷰티 시크니스에서 벗어나기 위한 첫 걸음이다.

이제 나는 뷰티 시크니스를 위해서가 아니라 내 건강을 위해 운동할 생각이다. 이 책에서 저자가 가장 실용적인 충고를 해준 탓이다. 핫도그처럼 크고 살찐 내 팔이라 생각하지 말고, 사랑하는 사람을 안을 수 있는 건강한 팔이 있다고 생각하는 것. 뒤룩뒤룩 살찐 내 허벅지라 생각하지 말고, 내가 가고 싶은 곳으로 데려다줄 수 있는 건강한 다리가 있다고 생각하는 것. 미디어 이미지에서 만들어낸 아름다운 여성 모습이 워낙 강했기에 나 역시 뷰티 시크니스를 심하게 앓고 있었던 모양이다. 이제는 내가 될 수 없는 이미지에서 벗어나야 할 때가 온 것 같다. 모든 사람은 이 병에서 뛰쳐 나올 자격이 있다. 나와 당신 모두.

편견 없이 나를
예뻐해줄 사람은
오직 나 하나!

　　한국 남성 70퍼센트는 자신이 잘생겼다고 생각하고,
여성 70퍼센트는 자신이 뚱뚱하다고 생각한다는
우스갯소리가 있다. 〈아이 필 프리티〉라는 영화의 주인공인
르네는 바로 그 70퍼센트에 해당하는 여성. 일도 잘하고
상큼발랄한 성격이지만, 통통한 몸매가 콤플렉스라 늘
예뻐지고 싶다는 소망을 품고 오늘도 피트니스센터에
들러 땀을 쏟는다. 그러다가 그만 격렬하게 스피닝을 하던
중 사이클에서 떨어져 머리를 부딪힌다. 정신을 차리고
거울을 보자 양귀비도 울고 갈 미인의 모습이 보인다.

실제로는 외모가 달라지지 않았는데, 르네의 눈에는 자신이 둘째가라면 서러울 절세미녀로 보이게 된 것이다. 자신감이 생겨난 르네는 혼자 거울 앞에서 치명적인 미소를 날리기도 하고, 모든 남자가 하는 행동은 자신의 미모 때문이라고 착각도 한다. 그리고 삶에 대한 태도가 달라지는데, 이 영화의 재미있는 점이 바로 여기에 있다. 자신이 뚱뚱해 남자들이 자신에게 무례하게 대한다고 생각할 때와 자신이 미인이라고 생각할 때의 사회적 대우가 전혀 달라진다. 르네는 승승장구하며 회의 때도 소극적이었던 예전의 모습은 온데간데없이 한껏 두각을 나타낸다.

우리는 과체중인 여성이 자신을 사랑하는 법에 대해 깊이 이야기하지 않는다. 이런 이야기들은 "그러니까 살 좀 빼"라는 뻔한 결말로 끝나기 십상이니. 르네는 전보다 훨씬 화려한 옷을 입고 열심히 일하지만, 그런 그녀의 모습에 "주책부리고 오버하지 말고 살이나 좀 빼"라고 말하는 사람은 아무도 없다. 오히려 예전처럼 소심했다면 무시당했을 그녀의 의견에 모두가 귀를 기울인다. '아임 낫 프리티I'm not pretty'에서 '아이 필 프리티I feel pretty'로 생각이 바뀌는 순간, 르네는 자신이 갖고 있는 아름다움을 다른 사람과 나누고만 싶다. 그래서 오랜만에 만나는 옛

친구에게 자신이 정말 예뻐지지 않았냐며 자랑하지만,
친구들은 르네가 어떻게 된 게 아닌지 걱정한다. 르네의
외모 자랑은 점점 심해진다. 그녀는 자신이 예뻐서
사람들이 자신에게 흥미를 보인다고 착각하지만, 시간이
지나면서 사실은 말이 잘 통하고 매력적이고 명랑한
여성이라 관심을 보였다는 사실을 깨닫는다.

〈체인지 디바〉라는 미국 드라마도 얼핏 이와
비슷하다. 멋진 변호사 남자친구가 있는 아름다운 모델
뎁은 교통사고로 그만 죽고 만다. 그런데 저승의 시스템
오류로 뇌사 상태에 빠진 어느 환자의 몸에 빙의한다.
그녀의 이름은 제인. 뎁이 보기에는 이 엄청난 살들을
어찌하나 싶은데, 육체의 살과 상관없이 '제인'은 명문대를
졸업한 30대 초반 여성으로 워낙 머리가 좋았기에 제인의
몸에 들어간 순간 뎁은 자신이 무진장 똑똑해졌다는
것을 알게 된다. 로펌의 변호사가 되어 낯선 사무실의
향기를 음미하고 있는데, 어디선가 내 남자의 냄새가 난다.
한동안 몸이 안 좋아 회사를 쉬었던 제인은 까무러치게
놀란다. 그러고 보니 얼마 전 남자친구 그레이슨이 새로운
로펌과 인터뷰하게 되었다는 소식을 들은 것도 같다.
내가 뎁이라고, 당신이 그토록 사랑하던 뎁이라고 소리쳐

부르고 싶었지만, 천상의 규칙을 깨는 일이라 허용되지 않는다. 일단 다시 건진 목숨, 살기는 살아야 하는 데다 그레이슨까지 있으니 성실하게 회사 일에 매진한다.

그러면서도 그전의 제인이라면 하지 않았을 화장을 하고 신경 써 옷을 고른다. 보통 통통한 여자들은 '나한테 저게 어울릴 수 없어' '단추가 다 터지고 말 거야' 하면서 패션에 용기를 내지 못하지만, 제인은 썩썩하게 캐주얼한 옷과 드레스를 사고 그전 제인이 입었던 구닥다리 정장은 싹 정리해버린다. 제인이 맡는 사건들도 흥미롭다. 어느 날 제인은 잡지 광고를 보고 옷을 사러 갔다가 "당신 같은 사람은 우리 옷에 맞지 않는다"라는 모욕적인 말을 듣는다. 이에 다양한 사이즈의 옷을 갖추고 있지 않은 업체 측과 싸우면서 결국 상대측으로부터 입고 싶었던 드레스를 맞춤 사이즈로 선물받는다.

하지만 이 드라마를 보면서 이질감도 적잖게 들었는데, 제인은 딱 한 가지, 그러니까 몸매 말고는 그야말로 완벽한 여성이다. 누구에게나 친절하고 정의감 넘치고 무료 변론까지 자청한다. 게다가 노래도 가수 뺨치게 잘 부른다. 머리는 차갑고 가슴은 뜨거워 늘 그녀를 찾아오는 사람들로 로펌이 북적인다. 그렇게 고결한 인격을 지닌

제인을 보면서 점점 불편해졌던 것이 아름다운 여자는 그냥
아름답게 앉아 있기만 해도 그림이 되지만, 과체중 여성은
부족한 아름다움을 채우기 위해 온갖 일을 다 해야 하는
듯해서다. 다행히 우리의 제인은 탁월한 변호 능력, 멋진
목소리를 지닌 '외유내강'형이다. 그녀는 심지어 사람들의
마음을 편하게 해주는 역할까지 떠맡고 있다.

이 부분이 가장 불편했다. 같은 사무실에서 일하는
동료는 여성성을 과시하며 쉽게 일을 따지만 그럴 만한
성적 매력도 없고 그럴 의도도 없는 제인은 '디바'가 되기
위해 모든 이들에게 다 친절해야만 한다는 것. 실제로
제인은 부정적인 말을 거의 쓰지 않는다. 이것이 바로
과체중 여성에게 사회가 적극적으로 권하는 모습일 것이다.
다정하고 온화하고 돌봄노동에 충실하면서 유능하지만
남자 기를 누를 만큼 잘나지 않은, 사회가 여성다움이라고
간주하는 껍질을 충실히 착용한 모습 말이다. 예쁜 여성은
그냥 예쁘다는 이유만으로 무언가가 따라오기도 하지만
우리의 제인은 수퍼우먼이 되어 온갖 일을 다 해내야
한다. 과체중인 이가 디바가 되려면 허드렛일들, 아무도
하기 싫어하는 일들을 챙기면서 자기가 외모는 별로지만
성실하고 매력적인 사회의 일원이라는 것을 계속해서

인정받아야 하는 것이다.

〈아이 필 프리티〉와 〈체인지 디바〉에서 결국 주인공들은 해피엔딩을 맞는다. 이는 그들이 사회가 인정할 수 있는 어떤 선을 넘지 않기 때문이다. 제인에게 그토록 많은 재능을 부여해야만 했을까? 춤, 노래, 훌륭한 인격, 변호 실력까지 다 갖추고 있어야 비로소 출발선에라도 설 수 있는 것일까?

"안녕하세요, 저는 통통한 여자랍니다. 한국에서는 여자가 아닌 취급을 받지요. 성적 긴장감을 느낄 만한 데가 없으니 저를 편하게 대하셔도 돼요."

결국 우리가 현실적으로 선택할 수 있는 것은 〈아이 필 프리티〉 쪽이다. 차라리 '자뻑'이 되는 편이 낫다. 주인이 강아지를 걷어차면 객도 걷어찬다고, 내가 나를 예뻐해주지 않으면 타인은 우리를 함부로 해도 되는 존재라 생각하고 얼마든지 그렇게 행동하니까.

3장

역사의 나선을
그리려면 무엇을
집어야 할까

역사는
팽이와 같이
나선형을 그리며
제 갈 길로 돈다

봄이 오자 나는 영화 〈8월의 크리스마스〉를 잠깐
떠올렸다. 벌써 20여 년이나 지난 이 영화의 주인공은
조용한 동네에서 아버지의 뒤를 이어 '초원사진관'이라는
자그마한 사진관을 운영하는 정원이라는 남성이다. 그는
죽을 날이 얼마 남지 않은 시한부 인생이지만, 이미 병이
깊은지 병원에 입원한다거나 하는 어떤 적극적 치료도 하지
않는다. 그저 일상을 그대로 살아내면서 자신의 운명을
기다릴 뿐이다. 그런 그에게 갑자기 찾아온 소녀 혹은
숙녀가 다림이다. 디지털카메라 같은 게 없었던 20세기.

주차단속요원 다림은 직업상 불법주차된 자동차를 촬영한 필름을 초원사진관에 종종 맡겨야 한다. 정원은 몸 상태가 좋지 않아 지친 어느 날 다림을 처음 만나는데, 사진 인화를 독촉하는 다림에게 처음에는 쌀쌀맞게 대하다가 이내 미안한 마음에 태도를 바꾼다. 이후 사진 인화 때문에 다림이 사진관을 자주 찾게 되면서 두 사람은 점차 가까워진다. 간식도 나눠 먹고, 놀이공원도 가고, 맥주도 마시면서 평범한 연인이 지날 법한 데이트 코스를 하나하나 밟아가지만, 정원은 독하게도 혹은 야속하게도 자신의 운명을 다림에게 말하지 않는다. 어느 날 정원은 다림의 사진을 찍어준다. 그즈음 정원은 갑자기 상태가 나빠져 입원을 하고, 다림은 사진관을 찾아도 정원이 보이지 않자 편지를 꽂아둔다. 며칠이 지나도 편지가 사라지지 않아 편지를 도로 꺼내려다가 오히려 사진관 안쪽으로 편지가 툭 떨어져버린다. 무안하고 화가 난 다림은 돌을 던져 사진관 유리를 깨뜨린다.

이후 다림은 근무지를 옮기는데, 그녀 못지않게 정원도 다림을 생각한다. 죽기 전 사진관에 들러 그녀의 편지를 읽은 정원은 답장을 쓰고, 자기 사진을 찍어 영정을 준비한다. 정원이 죽은 뒤 겨울이 오고 초원사진관은

정원의 아버지가 계속 운영한다. 다소 성숙한 모습이 된
다림이 어느 날 사진관을 찾는다. 사진관은 잠시 닫혀
있고, 그녀는 사진관 진열대에 놓인 자신의 사진을 보고
미소 짓는다. 영화는 그렇게 끝난다. 많은 이들이 사랑했던
〈8월의 크리스마스〉 줄거리다. 저마다 다른 이유로 이
영화를 사랑했겠지만 내게는 조금 다른 추억이 있다.
그것은 진보의 거두, 혹 진보의 '괴수'라 불리기도 했던
리영희 선생과의 추억이다. 진영과는 관계없는, 그저 인생의
까마득한 선배와 후배 간의 잠깐 스쳐간 추억담이니 좌우
논리는 잠시 놓아주시길.

　선생이 2010년 세상을 떠났으니 벌써 10년이
되어가는 일이다. 나는 당시 선생의 팔순을 기념하는
책인《리영희 프리즘》이라는 프로젝트에서 인터뷰를
맡았다. 마침 8월이었다. 안산에 있는 자택을 찾았는데, 요
앞에 있는 수리고등학교에 김연아가 다닌다며 자랑하던
모습은 진보의 거두인지 괴수인지를 떠나 그냥 평범한
할아버지였다. 인터뷰를 얼마간 하고 어느 정도 서로
마음이 열린 뒤의 일인데, 선생께서 약간 미적거리며 꼭
하고 싶은 부탁이 있다는 거였다. 거실에서 DVD를 하나
꺼내 오셨는데 다큐멘터리 〈아마존의 눈물〉이었다. 아마도

제작진에게 직접 선물받은 것 같았다. 이걸 꼭 보고 싶은데 연로한 사모님과만 지내니 DVD 기기 조작법을 몰라 보지 못했다는 것이다.

말로 설명하다가 나는 댁에 걸린 지난달 달력을 찢어 뒷면에 DVD 기기 리모컨을 커다랗게 그렸다. 매직펜으로 리모컨을 그대로 베껴 그린 뒤 버튼 하나하나에 설명을 달았다. 전원 버튼에는 '전원'이라 쓰고 재생 버튼에는 '재생'이라 쓰는 식이었다. 그리고 문장으로 설명을 달았는데 '하나, 전원 버튼을 켤 것' '둘, DVD를 넣을 것'처럼 할 수 있는 한 자세히 작동법을 적어두었다. 그 커다란 설명서를 선생님께 드렸는데 아니, 이 장면은 바로 〈8월의 크리스마스〉 아닌가.

심은하와 한석규의 데이트 장면도 물론 좋았지만 이 영화에서 인상 깊게 본 장면은 정원이 자신이 떠날 때를 대비해 비디오기기 작동법을 적어두는 모습이다. 잘 알아듣지 못하는 아버지에게 처음에는 짜증을 내다가 나중에는 종이에 비디오기기 작동법을 자세히 적는 장면… 아버지에 대한 마음이 애절하게 느껴지는 대목이다. 과연 선생께서는 〈8월의 크리스마스〉를 어설프게 흉내 낸 종이 설명서를 보고 〈아마존의 눈물〉 시청에 성공하셨을까.

봄이 되어 선생은 병이 깊어지셨다. 나는 당시 생계 목적 반, 작가로서 우리 사회의 보이지 않는 직업을 취재하겠다는 호기 반으로 새벽에 녹즙을 배달했는데, 종종 녹즙을 가지고 문병을 가기도 했다. 한번은 봄 공기를 마시고 싶다는 선생의 의향에 따라 휠체어를 밀어 병원 마당을 거닐었다.

"봄이구나."

"네, 벌써 꽃이 피었어요."

"나는 죽음이 일절 두렵지 않다. 두려운 것은 다만 고통뿐이지."

"예."

이런 대화를 나누고 있는데 철두철미한 무신론자인 선생에게 독실한 기독교 신자인 간병인 권사님이 "우리 선생님은 아주 유명한 분이라던데 예수님 믿고 살려달라고 하면 들어주실 텐데요"라고 말한다. 그럴 때면 선생의 이마에 핏발이 벌떡 하고 일어났다.

"나는 예수에게도, 부처에게도 내 목숨을 구걸할 생각이 없소."

당시 내게는 촛불집회에 참여했다가 큰 액수의 벌금을 부과받은 친구가 많았는데, 그런 답답함을 토로하자 선생은 이렇게 말했다.

"역사는 나선형을 그리며 돈다는 걸 잊지 마라. 느리게 도는 것 같아도 분명히 그렇게 된다."

두 전직 대통령이 구속된 것을 보며 선생의 그 말이 생각났다.

집회에 참여했다가 곤욕을 치른 내 친구들에게도 이 말은 위로가 되겠지만, 두 전직 대통령을 사모해 마음이 아픈 이들에게도 적용될 말이 아닐까. 그 나선을 어떻게 회전시킬지는 우리가 정할 수 없는 것 같다. 거대한 팽이를 닮은 역사는 우리가 모르는 제 갈 길을 따라 돈다. 〈8월의 크리스마스〉의 정원이 죽음을 피할 수 없었듯이, 어떤 진영이 이기고 지는 것처럼 생生이 단순하지 않다는 것을 이제 조금 알 것 같다. 우리는 역사의 나선을 위해 각자 할 수 있는 것을 하는 수밖에 없다. 남겨질 아버지를 위해 비디오기기 작동법을 그리는 아들처럼.

후회로
고통스러운가?
그것이 당신을
키운다

몇 년간 다닌 회사는 모두 컴퓨터 게임을 만드는
곳이었다. 하필 왜 컴퓨터 게임을 만드는 곳에서 일했느냐
하면, 나에게는 그곳들이 어떤 꿈을 만드는 곳으로
여겨졌다. 툭하면 노동법을 어기고 심지어 회장님이
직원을 때리기까지 하는 곳인 줄은 몰랐지만, 그래도 나는
게임에서 꿈을 보고 싶었다. 그건 내가 어떤 게임에서 꿈을
본 적이 있기 때문이었다. 물론 여러 게임이 있었다. 게임을
시작한 건 '디아블로2'도 아니고 무려 '디아블로1'이었는데,
디아블로2부터는 배틀넷 시스템을 채택해 서버에 캐릭터

정보를 저장할 수 있었지만, 디아블로1은 개인 하드에
캐릭터 정보를 저장했다. 그러므로 컴퓨터에 오류가 나면
그 캐릭터는 완전히 사라지는 거였다. 나는 몇 년간 시간을
들여 '레벨48'이라는 있을 수 없는 높은 수준의 캐릭터를
가지고 있었는데, 윈도우를 다시 깔게 되면서 영영 그
캐릭터와 이별해야 했다. 창피하지만 그때 정말, 울지 않을
수 없었다.

　　대학에 가면서 다른 친구들은 '스타크래프트'를 옛날
사람들 당구장 가듯 즐겼지만, 당시 PC게임 잡지에 글을
쓰던 나는 온라인이 아닌 패키지 게임을 즐겼다. 그중에서
나를 게임회사로 인도한 것은 바로 '플레인스케이프:
토먼트'라는 게임이었다. 앞서 말한, 내가 꿈을 본
게임이라는 게 바로 이거였다. 80만 줄의, 전부 합쳐 소설책
10권 분량의 어마어마한 대사 양에도 압도되었지만,
주인공 설정이 너무나 독특했다. 주인공은 시체 안치소에서
깨어나는데, 이미 죽은 사람이라 죽여도 죽지 않는다.
게임을 하다 죽으면 또 그 시체 안치소에서 깨어난다.
한마디로 죽음이나 구원이 허락되지 않는 존재였다. 도대체
왜 자신이 이런 신세가 되었는지 생각해내려 해도 모든
기억이 지워져 알 수 없었다. 단 하나의 단서는 온몸에

새겨진 문신뿐이다. 죽음에 이르기까지 온몸에 거칠게
새겨놓은 문신. 이 문신을 따라 자신이 어떤 사람이었는지
찾아나가는데, 게임 전체를 관통해 주인공은 어떤 질문에
답할 수 있어야 한다. 그 질문은 바로 다음과 같다.

"인간의 본성을 바꿀 수 있는 것은 무엇인가?what can
change the nature of human?"

어떻게 생각하시는지? 게임회사에 시나리오 작가로
입사하고 나서 나는 꿈이라는 것을 잡으려고 거의 혈안이
되었다. 돈을 많이 버는 게 아니라, 그렇게 내 마음을
흔들어놓았던 게임을 내 손으로 만들고 싶었다. 왜 그렇게
꿈을 꾸고 꿈을 이루는 데 혈안이 되었느냐면, 친족으로
경영되던 회사 시스템이 지긋지긋해서였다. 사장님 위에
회장님은 맘에 안 드는 일이 있으면 직원들을 매우 쳤다.

내 또래 회장님 아들은 가수가 되고 싶어 했다. 음반이
출시되기 전에 미리 들려주었는데 솔직히 노래방에서
일반인이 조금 잘 부르는 수준이었다. 하지만 그런 말을
회장님에게 할 수 있는 사람은 아무도 없었다. 회장님은
오직 그만을 위한 기획사를 만들었다. 우리는 그가 드라마
삽입곡을 부르면 모든 일을 제치고 드라마 사이트에
들어가서 "○○오빠, 노래 너무 좋아요" 하며 댓글을 달아야

했다. 음반을 내고 난 뒤에는 출근 뒤 모든 일을 작파하고
온갖 음원 사이트에 들어가 그의 노래를 클릭했고,
1인당 강제로 그의 음반을 세 개씩 사야 했다. 그 비용은
보전해준다더니 식권으로 돌아왔다. 노동절에도 근무를
시켰고, 퇴직금도 제대로 지급하지 않았다. 기획팀 소속이라
회장님 아들에 대한 찬사의 글을 도맡았던 나는 사실
회장님 아들이 몹시 부러웠다. 그러면서 스스로에게 묻곤
했다. '인간의 본성을 바꿀 수 있는 것은 무엇인가?'

　　게임을 진행하다 보면 '이름 없는 자nameless one', 곧
모든 과거를 잊어서 이름도 알지 못하는 주인공의 과거를
보게 된다. 그의 정체는 플레인스케이프 세계에서 진행되는
피의 전쟁에서 싸우던 용병이었다. 그런데 불멸자가 되기
이전 아직 필멸자였던 최초의 존재는 일생을 통해 전쟁과
살인 등 씻을 수 없는 수많은 죄악을 저질렀고, 그는
인생을 한 번 살아서는 지울 수 없는 업보를 짊어졌다고
생각한다. 자신의 죄를 씻기 위한 시간이 필요했던 것이다.
그래서 이름 없는 자는 '래벌'이라는 최고의 마녀를
찾아가 불사자로 만들어달라고 부탁한다. 래벌은 의식이
제대로 되었는지 확인하려고 주인공을 '최초의 죽음'으로
인도하는데, 그 순간 불사자가 된 이름 없는 자와 분리된

죽음이 초월자로 태어나고 주인공은 기억을 잃어버린다.

　　초월자는 곧바로 우주 어딘가로 숨어버리고 그림자들은 이름 없는 자를 쫓아다닌다. 모든 것에는 대가가 필요한 법. 주인공의 부활 능력은 그가 부활할 때마다 연결된 다른 차원의 누군가가 대신 죽는 것이었다. 후회의 요새에 가득 찬 그림자는 그때 대신 죽은 자의 한이 서린 망령인 것. 게다가, 부활할 때마다 기억을 잃는 것은 그만큼의 힘의 덩어리가 나뉘는 것이기에 이미 수백 명의 화신이 존재한다. 게임 종반에 가면 주인공의 세 화신이 등장한다. 선한 화신, 악한 화신, 정신분열적 화신. 이 세 가지 인간의 성격과 잘 동화되느냐가 게임 진행에 큰 영향을 미친다. 게임 밖에서 살아가는 우리도 자신의 어떤 면을 끌어안느냐 내치느냐가 영향을 미치듯, 이름 없는 자는 초월자와 융합해 완전한 존재로서 각성한다. 그러자 삶과 죽음에 통달해 죽어 있던 모든 동료를 부활시킨 뒤 작별의 인사를 건네고 이별한 다음 정신을 잃었다가 블러드 워의 전장에서 깨어난다. 그는 근처에 있던 낡은 도끼를 뽑아들고서 죗값을 치르러 전장으로 들어간다.

　　이 게임의 물음에 대한 답은 두 가지가 아닐까 한다. 첫째는 게임의 제목과도 같은 고통torment 그리고 후회.

후회했기 때문에 주인공은 이 후회에 답하려 '이름 없는 자'가 되고 만 것이다.

당신의 고통은 무엇인가? 당신의 후회는 무엇인가? 그것들은 당신의 삶을 바꾸었는가? 그것들 때문에 삶을 바꾸기 위해 노력했는가? 당신의 고통은 당신을 어떤 사람으로 변화시켰는가?

후회와 고통 때문에 일그러진 삶을 사는 것이 아니라, 자신을 속죄하기 위해 변화시키는 것이야말로 인간이기 때문에 할 수 있는 일이라는 것, 그런 깨달음이 이 게임이 내게 준 선물이었다.

'나쁜 애인'
아른거리더라도,
헤어져라,
지금 당장!

"나는 알코올중독자가 아니고 그저 술 좀 즐기는
것뿐"이라며 주변의 근심을 뿌리치는 사람이라면, 《드링킹:
그 치명적 유혹》을 읽어보는 것이 좋을지도 모른다. 자신과
알코올의 전쟁 같은 사랑 이야기를 기록한 이 책에서
저자인 캐롤라인 냅은 '고도 적응형 알코올중독자'에 관해
이야기한다. 나이 든 50대 노무자, 난장판인 집에서 손을
떨며 소주를 찾는 사람, 술을 마시면서 일자리를 잃어
주변에 구걸하며 살아가는 사람, 한마디로 술주정뱅이….
하지만 캐롤라인 냅은 그런 사람이 아니었다.

'고도 적응형 알코올중독자'는 그런 사람이 아니다. 캐롤라인 냅은 미국 아이비리그 명문 브라운대 81학번으로 마그나 쿰 라우데magna cum laude(준우등)로 졸업했다. 아버지는 저명한 정신분석가였으며 어머니는 화가였다. 두 사람 다 지성적인 분위기에서 아이들을 양육했다. 그녀는 머리카락을 단정하게 묶고 손톱을 깔끔하게 손질했으며, 검은색 레깅스와 이탈리아제 구두를 즐겨 신었다. 업무용 책상과 그 주변은 강박적일 정도로 깨끗했다. 저널리스트로 일하는 그녀는 부모의 임종을 지키는 중에도 마감을 어긴 적이 단 한 번도 없었다.

'고도 적응형 알코올중독자'들은 매일 아침 숙취에 시달리면서도 나는 그런 사람이 아니라고, 결코 주정뱅이가 아니라고 부정한다. 그런 사람은 사실 캐롤라인 냅 한 사람만이 아니다. 그의 주변에도 술을 끼고서 탁월한 박사논문을 완성한 친구, 로펌에서 승진을 거듭한 친구, 유력 환경단체를 설립하고 운영한 친구가 있었다. 심지어 AA모임(익명의 알코올중독자들의 자조모임)에서는 대형 금융기관 부사장, 심장질환 전문 중환자실 간호사, 건축사무소 대표, 경제연구소장을 만나기도 했다. 이런 사람들에게 대체 무슨 일이 일어난 걸까? 부모님 집에서 식사할 때는 네다섯 명이

와인 한 병을 마시는 상황이 싫어서 몰래 술을 감추고, 퇴근하기 전에는 술을 마시러 가고 싶어 손이 떨리는 이들….

나 역시 그런 문제 속에 있었다. 술을 '적당히' 마시는 일을 하지 못해 그냥 끊는 사람, 만나고 싶은 사람이 있어도 술을 마시게 될까 봐 약속을 피하는 사람이 있다. 약속을 절대 거절하지 않을 만한 사람이 거절한다면, 그날 그 사람은 술을 끊겠다고 결심했는지도 모른다. 나 역시 만나고 싶은 사람들이 있었지만 주량을 조절할 엄두가 나지 않아 피하곤 했다. 술을 조절하면서 마신다는 것은 알코올중독자들에게 가능한 미션이 아니다. 그렇게 할 수 있는 사람이 마치 위인처럼 보일 정도다. 내게는 알코올을 부르는 여러 사건이 있었다. 20대에는 가게 빚을 갚아야 했고, 30대에는 아버지 그리고 가장 친한 친구와 사별했고, 이혼과 실직을 겪었다. 술로 그 통증을 둔중하게 만들고 싶었다. 그러는 한편 부모님 빚과 학자금 대출을 차근차근 갚았다. 출퇴근을 하고, 에세이와 소설을 썼다. 캐롤라인 냅의 책을 읽지 않았더라면 나는 그대로 주정뱅이로 주저앉았을지도 모른다.

'이 여자는 내 마음을 안다'는 생각이 이 책을 집었을

때 한껏 몰려왔다. 진성 알코올중독자들은 결심하고
시도하고 실패한다. 약속을 하고, 약속을 지키려고
진심으로 노력하고, 우리에게 그럴 능력이 없다는 사실을
끝까지 외면한다. 한 잔이 두 잔, 세 잔, 네 잔, 다섯 잔까지
혹은 맛이 갈 때까지 이어진다. 그러면서 마실 이유를
끊임없이 만들어낸다.

"오늘만이야. 오늘은 위로가 필요하니까. 내일부턴
달라지겠어."

캐롤라인 냅의 말들은 내 마음과 같았다. 그녀는,
우리는 술 마시는 느낌을 사랑했다. 세상을 일그러뜨리는
그 특별한 힘, 마치 초능력 같은 그 힘을 사랑했다. 정신의
초점을 내 고통스러운 자의식에서 덜 고통스러운 어떤
것들로 옮겨놓는 그 능력을 사랑했다. 그녀는 심지어 술이
내는 소리까지 사랑했다. 와인 병에서 코르크가 뽑히는
소리, 술을 따를 때 찰랑거리는 소리, 유리잔에 얼음이
부딪치는 소리….

알코올중독자들은 현실 부정의 챔피언이다. 우리는
자신과 남을 향해 이렇게 떠든다.

"내가 조금 많이 마시긴 해. 하지만 정말 심각하면 진작
직장에서 쫓겨나지 않았겠어? 나는 그런 사람들하고 달라.

술 마실 이유가 여러 가지 있고, 내가 조금 많이 마시긴
하지만 나는 좀 마셔도 된다고."

　　그래서 그녀는 이 책을 '러브 스토리'라고 선언한다.
갈망과 끝도 없는 사모가 담긴, 그리고 도저히 이별을
상상할 수 없는 상대와 작별을 나누는 이야기라고.
의학적으로는 2년 이상 금주禁酒해야 알코올중독에서
벗어난다는데 나는 그 진단은 받지 못했다. 4개월, 6개월,
8개월, 또 3개월. 이런 식으로 알코올이라는 애인과
헤어졌다 만나기를 반복했으니까. 알코올 전문병원에서
치료를 받으며 항갈망제를 처방받기도 했다. 캐롤라인
냅은 친구의 아이를 다치게 할 뻔하고, 자신이 크게 다친
뒤에야 금주를 결심했다. 나는 몇 번의 사고로 힘든 일을
겪은 뒤 이 책을 발견했는데, 멀쩡하게 회사에 출근해
자기 할 일 잘하는 이들이 숨겨진 알코올중독자일지도
모른다는 사실을 알게 되면서 술이라는 나쁜 애인과 정말
이별해야겠다고 결심했다.

　　캐롤라인 냅은 평범한 술꾼이 알코올중독이라는
구체적인 선을 넘어버리는 것은 단순한 이유,
한순간, 단일한 심리적 사건으로 설명할 수 없다고
말한다. 그것은 아주 느리고 점진적이며 집요하고

불가해한, 알코올중독자로 '형성'되는 과정이다. 진성
알코올중독자들은 항상 자기보다 나쁜 경우를 찾는다.
"저 사람이 진짜 알코올중독자야"라고 말할 만한 사람들,
광기에 사로잡힌 사람들, 술을 병째 들이켜는 부랑자,
낮부터 술에 취해 얼굴이 벌게진 비즈니스맨… 이
사람들이 우리보다 열 단계, 스무 단계 떨어져 있으니
좀더 술에 취해도 된다고 생각한다. 우리 음주가 아무리
고민스러워도 저 사람들보다는 안전하고 얌전하니 아직은
괜찮다고, 우리의 통제력은 충분하다고. 하지만 그렇지
않다. 술은 나쁜 애인이다. 헤어졌다 말았다 하는 사이 그
사랑이 나에게 주는 게 걱정밖에 없다면 이별해야 한다.
그게 러브 스토리인 것을 우리 모두 알지만, 지금 당장.

열심히
일했는데도
힘듭니다,
내 잘못인가요?

《긍정의 배신》과《노동의 배신》으로 한국에도 잘 알려진 기자 출신 작가 바버라 에런라이크가 '강추'한 책이 있다. 생생한 경험을 그대로 기술해 생각할 거리를 던져주었던《노동의 배신》은 에런라이크가 직접 사회 최하층의 노동환경에 뛰어들어 겪게 된 온갖 사건에 대한 기록이다. 그런 에런라이크가 자신은 취재를 위해 몇 달 경험한 것뿐이니 진짜가 아니라면서 진짜 하층민의 삶을 다룬《핸드 투 마우스》라는 책을 추천한 것이다. 저자 린다 티라도는 어쩔 수 없이 일하는 빈곤계급이 되어버린 이들에 대해, 다시 말해 자신의 생활과 인생에 대해 손에 잡힐 듯 생생하게 써내려간다.

우리는 일하는 빈곤계급, 특히 감정노동을 하는 서비스 분야 노동자들을 그리 높게 평가하지 않는다. 심지어 이들은 종종 타인의 경멸 섞인 시선을 경험하기도 하는데, 나는 몇 년 전 에런라이크 같은 실험을 해본 적이 있다. 비정규직 노동자들의 해고 철회요구 시위를 취재하던 중 지나가던 어느 아이 엄마가 "공부 열심히 안 하면 저 사람들처럼 된다"라고 아이를 타이르는 장면을 목격했다. 나는 혼란에 빠졌다. '이 사람들이 그런 경멸을 받을 만큼 열심히 살지 않은 사람들인가. 열심히 살지 않았기 때문에 빈곤이 오는 것인가? 여기에서 취재한 것을 글로 쓰는 것으로 세상을 얼마나 알 수 있을까?'

고심 끝에 나는 사무직으로 일하던 직장을 그만두었고, 대학원 수업과 동시에 녹즙 배달을 병행하기 시작했다. 기업을 돌아다니며 녹즙을 배달하는 것인데, 사실 녹즙 배달은 눈 가리고 아웅일 뿐 신규 구매자를 확보하는 게 가장 중요한 일이었다. 그러니까 배달 일인 줄 알고 모두가 찾아오지만, 실은 영업직이었던 것이다. 그냥 영업직도 아니고 매일 아침 지사장님이 떼어 오는 녹즙을 그 자리에서 구입하는 것이나 마찬가지였다. 한마디로 녹즙을 아침마다 구입해 판매하고 자기 몫의 수당을 받는 것이지, 배달료나 알바비 같은 수고비를 받는 것이 아니었다. 훌륭한 장사꾼이 되어야 했지만 그렇다고 우리가 녹즙 회사에 등록되거나 하는 것도 아니었다. 우리는 노동을 했으나 정식 노동자조차 아니었다. 아침마다 이름 없는 녹즙 상인이 되어야 했다. 같은 건물에서 일하는 경쟁 회사의 괴롭힘은 또 얼마나 심하던지! 티라도처럼 육체노동 중에서도 서비스 노동을 했던 나에게는 이 책《핸드 투 마우스》가 생생했다.

가난한 사람들이 받는 세제 혜택을 비판하는 사람이 많다. 그런데 가난한 사람들이 세제 혜택을 받는다고 분노하는, 자본주의 사다리 맨 위에 있는 사람들이 받는 온갖 세제 혜택은 그들과 댈 것도 아니다. 자본주의 사회가 가난한 노동자들을 모욕하는 경우가 얼마나 많은지 티라도는 조목조목 지적한다. 그녀가 마트에서 일할 때 마트 측에서는 팔 수 없을 정도로 상한 야채인데도 직원들이 가져가는 것조차 허락하지 않았다. 그 축난 야채를 마트 노동자들에게 팔면 그것도 수익이 되니까.

게다가 직원들이 출퇴근을 할 때 혹시라도 물건을

홈치진 않았는지 가방을 검사했다. 가방 검사가 45분이나 걸리는데도 그 시간에 대한 정당한 임금을 지불하는 경우는 단 한 번도 없었다. 힘센 특권층이 노동환경이 끔찍하다는 것을 인정해주기만 한다면 일하면서 겪는 굴욕이나 비하는 그다지 많지 않을 것이라고 티라도는 쓴다. 하지만 현실은 그런 존중이 아니라 "일을 더 열심히 해라" "머리 위에 지붕이 있고 일자리에 먹을 것이 있는 것에 감사하라"는 계도뿐이었으니 티라도는 늘 화가 났다.

비슷한 경우를 본 적이 있다. 복직투쟁을 하고 있는 쌍용자동차 노동조합원들에게 사람들은 "다른 곳에 취직하면 되지 쌍용차에 왜 그렇게 목숨을 거느냐"라고 말한다. 쌍용자동차가 있는 평택은 도농 지역이라 이웃집 사람이 뭘 하는지 다 안다. 파업에 참여했던 노동자를 뽑아줄 직장은 없었다. 인접 지역에 적극적으로 쌍용차 시위에 가담했던 이들의 블랙리스트가 돌기도 했다. 게다가 시위에 참여한 뒤 구속된 이들도 있어 도저히 일을 구할 수 없었다. 그러나 사람들은 떠날 수 없는 이들에게 쉽게 말한다. 딴 데 가서 일하면 되는 게 아니냐고. 티라도 같은 이들에게도 사람들은 쉽게 말한다. 열심히 살면 되지 않느냐고, 지금 가진 것에 감사하라고.

티라도는 열심히 살았다. 미국은 우리와 달리 자동차가 없으면 움직일 수 없는 환경이다. 에런라이크는 자신과 티라도를 비교할 때 자신은 일터 근처에 머물 수 있는 모텔을 잡을 초기 자금과 잘 굴러가는 자동차가 있었다는 것을 가장 큰 차이로 꼽는다. 이것은 두 사람 사이의 건널 수 없는 강이기도 했다. 티라도는 '투잡'을 했는데 차가 없을 때는 직장과 직장 사이 10킬로미터 거리를 걸어야 했다. 다음 일자리에 도착하면 폴리에스테르 유니폼이 땀으로 흠뻑 젖었다. 별로 호감이 가는 노동자의 모습은 아니었을 것이다. 더 좋은 직업을 얻기 위해 우리가 할 수 있는 일 중 하나는 어떤 직업 세계에 들어가기 위해 그 일과 관련된 열정노동을 하거나 무급 인턴으로 일하며 경험을 쌓는 것이다. 그리고 이것이야말로 빈곤층에게 절대 허락되지 않는 사다리칸이다.

건강 문제 역시 그렇다. 미국에서는 건강을 돈으로 사야 한다. 한국도 복지 환경이 제대로 되어 있다고는 볼 수 없다. 아이의 출산과 양육, 노인에 대한 돌봄이 국가 보호망보다는 가족이라는 사적 인프라에 맡겨져 있다. 그렇지만 적어도 아플 때 의료보험제도의 도움을 받을 수 있다는 것은 다행스러운 일이다. 티라도는 아직까지 순간접착제로 부서진 틀니를 붙이며 지낸다. 그래서 다른 사람들 앞에서 절대 뭔가를 먹지 않는다고 한다. 치과 보험이 되는 직업을 가져본 적이 없기 때문이다. 잘사는 나라 미국이 한국보다 비참한 것은 파견직의 해고가 자유롭다는 것이다. 3개월 단위로 해고와 재고용을 반복할 수 있다. 그러니 빈곤층은 미래를 생각하지 못한다. 일하는 빈곤층이 된 것이 그들만의 잘못이라고 할 수 있을까? 우리가 지금 나름대로 잘살고 있다면, 그것은 우리가 노력한 결과이기도 하겠지만 제비뽑기에서 빈곤 쪽지를 뽑지 않은 것일 수도 있다는 사실을 절대 잊어서는 안 된다.

언젠가 '88만원 세대'라는 말이 유행할 때 일각에서는 젊은이들 눈높이가 높은 게 문제라며, 중소기업에 얼마든지 취직할 수 있는데 그렇게 하지 않는다는 주장이 대두된 적이 있다. 한국 형편은 그때보다 지금 그다지 나아진 게 없어 보인다.

요즘처럼 청년 실업이 심각한 때에 공무원 같은 시험 준비를 하는 청년들이 아닌 이상, 일단 '받아주는 곳'에서 뽑아준 것만 해도 고맙다는 태도로 무조건 입사하는 이들이 없지 않다. 여전히 사회는 젊은이들에게 계속 눈높이를 낮출 것을 주문한다. 그런데 그렇게 눈높이를 낮춰서 입사한 뒤 '번아웃 신드롬', 곧 몸과 마음이 이미 연료로 쓸 만한 것을 다 태워버려 용기와 힘을 모두 잃고 마는 경우가 왕왕 있다. 이것은 '블랙기업'에 걸리기가 너무나 쉽기 때문이다.

우리 옆 나라인 일본도 노동자들이 겪는 문제에서는 남이 아니다. 그래서 블랙기업피해대책변호단이《이 회사도 블랙기업일까?》라는 블랙기업 피해 대응 매뉴얼을 기획해 내놓았다. 이 책에 따르면 블랙기업 체크리스트는 다음과 같다.

계약직으로 고용하면서 차후 정규직 고용을 약속하는 대책 없는 희망 고문, 인턴과 수습 사원 채용을 남발해 회사 안에서 지위를 불분명하게 하는 것, 근로계약서를 서면으로 작성하지 않고 구두로 하는 것, 야근 및 주말 출근을 강요하는 것, 시간외수당을 지급하지 않고 휴게시간과 휴가제도 사용을 제한하는 것, 비인격적 대우와 폭언·폭행, 성희롱 및 성추행을 일삼는 것, 실적 관리에 따른 심한 압박과 비난을 가하는 것, 퇴사를 유도하기 위해 의도적으로 배제하고 무시하는 것, 의견을 말하고 문제제기 하는 것을 원천적으로 봉쇄하는 것 등등이다.

이 책을 읽고 나서 나는 그동안 다녔던 회사들을 떠올려보았다. 20대 중반부터 후반까지 다녔던 작은 회사는 대기업이었지만 맨주먹 하나로 쌓아올린 대표의 지시에 죽으라면 죽는 시늉이라도 해야 했고, 조직 문화 역시 폭력적이었다. 노동절에 쉬는 대신 1일 워크숍을 기획했고 참석하기 싫은 사람은 정상 근무를 해야 했다. 왜 다른 회사는 노동절에 쉬는데 우리 회사는 쉬지 않느냐고 묻자 운영진은 "우리 회사는 노조가 없으니 노동절에 쉬지 않는다"라는 궤변을 내놓았다. 노조가 있어야 노동절에 쉴 수 있다니. 어이가 없었지만 어쩔 수 없이 끌려가 아직 물이 차가운 5월의 영월 계곡에서 벌벌 떨며 래프팅을 해야 했다. 피곤에 절어 전세버스에 실려 돌아오면서 우리는 '차라리 정상 근무할걸' 하고 후회했다.

실력 있는 사람들은 이상하게 돌아가는 회사를 즉시 떠났지만, 다른 회사가 탐낼 만한 인재가 못 되는 사람들은 계속 견디는 수밖에 없었다. 어느 날 팀장이 팀원들을 훈계하며 이렇게 말하고 사라졌다.

"어차피 여기서 다른 회사 갈 능력 있는 사람 하나도 없잖아요? 다른 회사에서 받아줄 사람 없으니까 열심히 하는 수밖에 더 있어요?"

물론 그건 사실이었다. 조금이라도 능력 있는 사람들은 배의 난파를 알아차린 쥐 떼처럼 신속히 도망쳤고, 나처럼 어중간한 능력치를 지닌 사람들만 남아 속을 끓였다.

다음에 다녔던 공기업에서 어리바리한 나는 소속팀 팀장에게 공개적으로 미움을 받았다. 늘 글 쓰는 일만 하다가 엑셀이나 파워포인트 같은 프로그램을 다루는 것도 쥐약이었지만, 숫자에 워낙 약해 예산서와 결산서를 쓰다가 울고 싶었던 적이 한두 번이 아니었다. 어느 날 팀장이 서류 미비를 지적했고 나는 아무리 찾아봐도 미비점을 발견하지 못해 울고 싶은 심정이었다. 나와 회사는 서로에게 재앙이었다. 거기서 팀장은 가자미눈을 뜨며 "잘못한 게 생각이 날 때까지 벽을 보고 서 있으라"고 명령했다. 나는 그때 다리를 다쳐 정형외과에 다니던 중이었지만, 그러거나 말거나 50분 동안 벽을 보고 서 있어야 했다. '직장 내 괴롭힘이다' '이거 신고해야 하지 않을까' 하는 생각도 들었지만, 내 마음은 이미 너무 나약해져 있었다. 계속되는 꾸중과 괴롭힘으로 자신을 존중하는 마음이 완전히 사라지고 '내까짓 게 무슨' '나 같은 사람은 이 세상에 전혀 쓸모가 없구나' 하며 그런 취급을 점점 당연하게 여기게 되었다.

다음에 일한 곳에서는 추석 연휴 동안 쉬고 출근하자 대표가 주부 사원들에 대한 분노를 표출했다. 그 분노의 원인이 무엇인고 하니, 추석 때 음식 하고 그랬을 거면서 회사에서 숙식하는 직원들 먹도록 명절 음식 하나 안 가져왔다는 거였다. 직원과 의견 충돌이 있을 때는 돌아서서 나가는 직원의 등 뒤에 분을 참지 못하고 휴대전화를 던지기도 했다. 그 모든 것을 지켜보면서도 나는 아무 말도 하지 못했다. 계속해서 쓸데없는 사람 취급을 받으니 뭐라고 저항할 용기를 한 줌도 가질 수 없었다. 블랙기업의 가장 큰 문제는 모든 자신감을 잃고 인형처럼 복종하는 사원을 만들어낸다는 게 아닐까. 그것은 장기적으로 볼 때 회사를 위해서도 좋은 일은 아닐 테다.

《이 회사도 블랙기업일까?》에 등장하는 가메이 씨는 내가 겪었듯 상사에게 끊임없는 폭언을 들었다. 지친 가메이 씨가 퇴사를 언급하자 상사는 반색을 하며 당장 사표 쓸 것을 종용했다. 그동안의 폭언은 PIP, 곧 '저성과자 해고 프로그램'이었던 것이다. 인건비를 줄이기 위해 정사원 대신 파견 근로자를 쓰는 것도 일본과 한국의 닮은꼴이자 전 세계의 트렌드이기도 하다. 청년들 눈높이를 탓하기 전에 한국 사회에 블랙기업이 얼마나 많은지 냉철히

바라볼 필요가 있다. '가족같이 일하실 분'이라는 공고를 내놓고 도저히 가족에게 못할 짓을 하는 곳이 얼마나 많은가. 눈높이를 무조건 낮추라고만 주문하지 말고, 그렇게 눈높이를 낮춰 직장에 들어간 젊은이가 뿌리내릴 수 있도록 블랙기업을 없애기 위해 부지런히 노력하는 것도 청년실업을 근절하기 위한 강력한 대책이 될 것이다. 청년이 아니더라도 직장인이라면 반드시 이 책《이 회사도 블랙기업일까?》를 읽어보시라.

어디에도
발붙일 곳 없지만,
홀로 서는 법
찾기

남녀 사이의 갈등을 근심하는 이들이 많다. 박완서 작가는 1990년대에 이런 부분, 그중에서도 특히 여성의 결혼 생활과 독립, 능동성에 주목했다. 장편소설 《서 있는 여자》는 이런 작가의 고민과 생각을 가장 잘 나타낸다. 품위 있는 교수 남편을 가진 경숙 여사는 아들과 딸을 하나씩 두었는데, 아들을 장가보낼 때 본때 있게 시어머니 노릇을 하지 못해 두고두고 약올라 한다. 처음 며느릿감이 집에 인사 왔을 때 사소한 것이라도 트집 잡는 작은 권력을 누리고 싶었다. 그러나 아들은 "나는 성인이며 결혼하는 당사자 역시 나"라며 경숙 여사에게 한 치도 틈을 내주지 않는다. 하다못해 시댁살이라도 좀 시켜보려 했건만 아들은 결혼식이 끝나자마자 새색시와 함께 외국 유학을 떠난다.

부모 노릇을 할 기회가 아직 한 번은 더 있다. 대학을 졸업한 뒤 엄청난 경쟁률을 뚫고 어느 잡지사 기자가 된 딸 연지가 남았기 때문이다. 경숙 여사는 이번에야말로 부모 노릇을 톡톡히 하고야 말리라 다짐한다. 미모와 지성을 겸비한 딸의 선 자리를 고르기도 하고 퇴짜를 놓기도 하는 재미를 한껏 누리고 싶었다. 그러나 연지도 그 바람을 들어주지 않는다. 오히려 대학 시절부터 오랫동안 친구로 지낸 철민과 결혼하겠다고 경숙 여사에게 통보한다.

가난한 집안 늦둥이인 철민은 경숙 여사의 눈에 찰 구석이 없었지만, 연지에게는 속셈이 있었다. "자기랑 나는 절대적으로 동등하지, 그렇지?"라며 철민에게 동조를 구하는 연지는 그의 모습이 여느 가부장적 남성과 다르다고 생각했다. 결혼시장에서 다소 떨어지는 조건을 가진 그라면 자신의 독립적인 모습을 인정해줄 거라 생각했기에 그를 결혼 상대로 택한 것이다.

경숙 여사는 관습적으로 여자 측에서 주관하기 마련인 약혼식을 화려한 장소에서 치러서 철민네 식구들을 톡톡히 기죽일 만반의 준비를 한다. 그런데 하필 남편이 오질 않는다. 경숙 여사는 몇 년 전 남편이 불륜을 저지르고 있다고 오해해 큰 실수를 저지른 적이 있다. 이때 자포자기식으로 남편에게 이혼 이야기를 꺼냈다. 깜짝 놀란 남편은 아이들이 있으니 당장은 말고 자식들을 출가시킬 때까지만 이혼을 미루자 했다. 이후 남편이 가정에 충실한 모습을 보였기에 이혼 이야기는 흐지부지 넘어간 것이라고 여겼다.

　그러나 남편은 연지의 결혼이 가까워지자 이혼 약속을 상기시킨다. 경숙 여사에게는 청천벽력이다. 남편은 연지의 결혼식 날이 우리의 이혼 날이라며 짐을 꾸린다. 충격을 받은 경숙은 고등학교 동창 중 가장 잘나가는 이혼녀 친구 세 사람을 차례로 방문해 혼자 사는 여자의 참모습을 보고자 한다. 경숙 여사는 화려한 이혼녀 친구들이 실상은 쓸쓸하고 외로운 삶을 살고 있다는 것을 알게 되고, 남편에게서 돌아오라는 연락이 없는 것을 서러워한다.

　한편 연지와 철민은 한 사람은 돈을 벌고 한 사람은 공부하게끔 번갈아 대학원에 다니기로 했는데, 살림을 맡기로 한 철민이 영 심상치 않다. 평소에는 철민이 집안일 담당이지만 손님이라도 찾아오면 순식간에 앞치마 차림의

새댁 모습으로 변신하는 연지를 보고 철민은 동창들 여럿이
종종 신혼집에 방문하기를 바란다. 연지는 좁은 아파트에
북적대는 무리의 술안주를 계속 만들어내느라 진이 빠질
지경이다. 그러거나 말거나 철민은 그저 흐뭇하다.

철민은 점점 연지에게 숨겨왔던 가부장성을 내보이고,
심지어 시댁을 방문했을 때 좁아터진 방에 친척들이 다
같이 자고 있는데도 몰래 연지를 덮쳐 반강제로 성관계를
갖는다. 이때 아이가 생겨 남편의 동의 없이 연지가
낙태한 것을 알게 된 철민은 연지가 잘못했다고 빌 때까지
손찌검을 계속한다. 그뿐 아니라 당장 일을 그만두고
집안에 들어앉으라고 추상같이 명령한다.

연지가 집을 비운 다음 날 아침 일찍 신혼집에 돌아와
보니 어머니가 정성껏 마련한 고운 침구 위에 철민이 낯선
여성과 함께 누워 있다. 그는 그 여자가 아무에게나 몸을
주는 원래 그렇고 그런 여자니 어엿한 가정부인인 네가
신경 쓸 것이 못 된다며 궤변을 늘어놓는다. 결국 연지는
이혼하기로 결심한다.

그러나 딸의 이혼 이야기에 남편은 경숙 여사를 당장
불러들이고, 온갖 수를 써 이혼을 막는다. 은근슬쩍 경숙
여사의 이혼도 없던 일이 된다. 그러나 철민의 가부장성과

폭력을 더 참을 수 없었던 연지는 부모의 반대를 무릅쓰고
집에서 철민을 쫓아낸다. 그리고 연지는 혼자인 삶을
관철하기 위해 열심히 일하면서 용기를 잃지 않는다.

이런 남녀 간의 갈등이 현실성 없는 옛날 옛적
이야기라고 할 수도 있다. 《82년생 김지영》이 허황된
이야기라고 주장하는 어떤 사람들처럼 말이다. 그러나 당장
인터넷 게시판을 아무 데나 들어가 봐도 결혼 생활에서
겪는 괴로움을 털어놓는 여성이 많다. 《서 있는 여자》나
《82년생 김지영》을 시대착오라 하기에는 지금 이런
여성들의 목소리가 너무나 생생하다.

누구는 아파서 명절의 시댁 행사에 참석하지 못해
남편 혼자 시댁을 방문했다고 한다. 집에 돌아온 남편이
차에 뭔가 놓고 온 것이 있다며 주차장으로 나가 오래도록
돌아오지 않았다. 남편을 찾으러 가니 차 안에서 어른들이
가져가라고 싸 준 명절 음식을 혼자 만끽하고 있었단다.
별식을 저만 즐기고 싶어 아내에게는 아무것도 안
가져왔다고 말한 뒤 혼자만의 만찬을 즐긴 것이다.

남자가 집을, 여자가 혼수를 해오는 관습에서 벗어나
결혼 비용을 함께 부담하는 이른바 '반반 결혼'이 요즘
주목받고 있다. 아무래도 집을 마련해야 한다는 부담을

내려놓을 수 있으니 남자들은 이런 결혼을 선망할 것이다. 여성들 역시 마치 연지가 그랬던 것처럼 공평하게 같은 비용을 지출하면 동등한 결혼 생활을 할 수 있을 것이라 기대한다. 그러나 그 기대가 산산이 부서진 경우가 많다.

반반 결혼을 했다는 기혼 여성들은, 절대로 반반 결혼을 하지 말라고 미혼 여성들에게 충고하곤 한다. 반반이라고 해봤자 돈 빼고는 결혼 생활에서 여성이 감당하는 몫이 많으니 차라리 돈이라도 적게 쓰는 것이 현실적이라는 이야기다. 연지가 겪었던 고충들을 여전히 겪는 여성들, 어떻게 하면 좋을까.

물론 연지가 그랬듯 이혼만이 능사는 아니다. 일단은 자기 자리에 굳건히 '서 있는 여자'가 되어야 이런 갈등을 헤쳐나갈 수 있다. 이 소설의 제목이 '떠도는 결혼'에서 '서 있는 여자'로 바뀐 까닭도 연지와 모든 여자가 꿋꿋하게 우뚝 '서 있는 여자'가 되길 바라는 작가의 희망이 아니었을까.

2018년 컬트 영화 《헤더스》의 개봉 30주년을 맞아 기념 DVD가 출시되었다. 영화에서 남자 주인공 제이슨 딘 역을 맡은 크리스천 슬레이터는 내 첫사랑이다. 2014년 뮤지컬로도 제작되어 계속 인기를 끌고 있는데, 이 희한한 영화는 어째서 이토록 매력이 넘치는 걸까.

한창 미모가 절정이던 위노나 라이더가 주인공 베로니카 역을 맡았다. 베로니카가 다니는 고등학교는 철저히 계급화되어 있고 이 학교를 지배하는 것은 '헤더'라는 이름을 가진 세 여학생이다. 베로니카는 차기

헤더가 될 재목으로 인정받아 함께 어울려 다닌다. 그렇지만 이들 등쌀에 원래 친했던 친구와 멀어지고, 크리켓 경기의 우스꽝스러운 과녁이 되기도 하고, 인근 대학 파티에 참석했다가 술 취한 대학생에게 희롱당하기도 한다. 베로니카는 '헤더스'에 끼려는 자신이 싫으면서도 달리 벗어나지 못한다.

그러던 중 까마귀처럼 짙은 트렌치코트를 걸친 전학생 JD가 학교에 등장하고, 베로니카는 그에게 묘하게 끌린다. 이사가 잦아 전학을 수십 번 다녔다는 그는 전학 온 첫날부터 자기를 괴롭히는 껄렁한 녀석들을 총으로 위협하는 대담한 성격이다.

JD는 초능력자처럼 베로니카의 숨겨진 속마음을 적나라하게 까발린다. 베로니카는 자신의 마음속 그늘을 죄다 알아채는 그에게 끌릴 수밖에 없다. 하루는 베로니카가 장난으로 헤더스의 대장 챈들러에게 숙취 해소 음료를 만들어 건넨다. 이때 JD가 아무렇지 않은 표정으로 여기에 세제를 넣고, 그걸 마신 챈들러는 즉사한다. 베로니카는 충격을 받지만 JD는 아무렇지도 않게 잘 죽였다고 말하고는 베로니카와 셋이서 성관계를 맺었다며 거짓말을 하고 다닌 불량스런 동급생 커트와 램을 혼내줄

계획을 세운다. 베로니카는 그가 시키는 대로 진짜로 3인
성관계를 맺자며 유혹해서 커트와 램을 불러내고, JD는
마취탄이 든 권총을 베로니카에게 건네 쏘게 한다. 하지만
권총에 들어 있던 것은 진짜 실탄이었다. 두 사람의 시체
옆에 JD는 능청스럽게 가짜 유서를 놓아둔다.

"세상이 우리의 동성애를 이해해주지 않아
자살하겠습니다."

커트와 램의 아버지들은 장례식에서 눈물을 흘리며
"저는 저의 게이 아들을 사랑합니다" 하고 선언한다.

죄책감에 빠진 베로니카는 JD와 차 안에 앉아 있다가
충동적으로 차량용 라이터로 자신의 손을 지지지만, JD는
그녀에게서 라이터를 빼앗고 베로니카의 화상 자리에
자신의 담배를 갖다 대고는 불을 붙여 피운다. 베로니카는
이제 미치광이 같은 JD가 두려워진다. JD는 벌써 세
사람이나 죽었는데도 기세가 등등한 채 베로니카를 붙들고
일종의 초인 사상을 전개한다.

"Our love is God."

오직 우리의 사랑이 바로 신이라면서 JD는 자신들은
공룡을 죽인 운석 같은 것이라고 죄책감에 시달리는
베로니카를 설득한다. 우리 같은 사람의 행복을 위해

쓸데없는 것은 다 없어져야 한다는 것이다. JD의 미친
행각을 저지하기 위해 베로니카는 자살한 척하고, 그것을
사실로 받아들인 JD는 절망에 빠져 아예 학교를 통째로
날려버리기 위해 폭탄을 가지고 보일러실로 향한다.
그러나 그곳에서 JD는 베로니카의 자살이 쇼였다는
것과 베로니카가 자신을 선택하지 않을 거라는 사실을
알게 된다. JD는 자신의 몸에 폭약을 두른 채 학교 건물
앞에서 베로니카와 마주하고, 베로니카에게 마지막 가는
길에 담뱃불이라도 붙여주겠다고 말한다. 베로니카가
담배 한 대를 입에 물자 곧이어 폭발음이 들린다. 꼴이
엉망진창이 된 베로니카는 JD가 제 몸으로 붙여준 담배를
쭉 빨아들인다. 남은 헤더 중 한 명이 "네 꼴이 완전
지옥 같아"라고 말하자 베로니카는 "응, 방금 거기서
돌아왔어"라며 능청스레 대꾸한다.

　　이 영화를 본 중학생 시절의 나는, 이 중2병의 화신
같은 JD에게 완전히 빠져버렸다. 크리스천 슬레이터의
외모도 배역과 잘 어울렸다. 서양 사람이면서도 쫙 찢어진
눈에 속쌍꺼풀을 가진, 이목구비가 자잘한 것이 내 취향에
꼭 맞춤한 인물이었다.

　　그러나 어른이 된 어느 날 JD의 마지막 대사가

우리말 자막대로 "학교를 폭파하지 못했으니 나라도 폭파해야지. 마지막 가는 길에 담뱃불이나 붙여줄게"가 아닌 "세상의 모든 학교가 폭파됐다고 생각해봐. 네가 죽는다면 마지막으로 뭘 하고 싶어?Pretend I did blow up the school. All the schools. Now that you're dead, what are you gonna do with your life?"였다는 것을 알게 됐다. JD가 처음 등장하는 장면에서 그는 "극단적인 건 항상 나를 감동시키지Yeah well, the extreme always seems to make an impression"라고 말하는데, 자막에서 이 대사는 단순히 "한번 본때를 보여줘야 아는 법이야"라고만 전달된다. 이 대사들을 비롯한 잦은 오역은 이 JD라는 캐릭터를 중2병에 걸린 집착 심한 마초 남자애로만 오해하게끔 큰 영향을 끼쳤다. 나는 과연 누구를 사랑했던 것인지 큰 혼란에 빠졌다.

그는 처음부터 베로니카만의 존재였는지도 모른다. 학생들은 그가 눈에 보이지 않는 것처럼 행동한다. 베로니카가 학교에 군림한 헤더스를 박살내고, 폭발의 여파를 뒤집어쓴 지저분한 꼴을 하고도 개의치 않은 채 친구 베티와 관계를 재개하고, 따돌림당하는 뚱보 마사에게 손을 내밀게끔 해준 것이 JD였다. 그의 자폭 역시 베로니카가 이제는 필요치 않은 길잡이 JD를 폭파하는 순간이라 볼 수 있다. 뮤지컬에서는 거의 마지막 부분에서 JD가 ⟨Meant to be yours⟩라는 노래를 부르며 자신은 베로니카만의 것이어야 했다며 "I was meant to be yours, I can set you free"라고 강조하는데, JD를 지겨운 일상에서 벗어나고 싶은 한 소녀의 망상으로 생각해본다면 이 "Meant to be yours"라는 문장은 더욱 의미심장해진다. JD는 처음부터 그녀만의 것이었다. 마지막 순간까지도.

나는 과연 누구를 사랑했던 걸까. 분명한 것은 아무도 나를 위해 이 사회를 폭파해주지 않을 테니 얼핏 시시해 보이는 삶이라도 견뎌내면서 한 발자국씩 나아가야 한다는 것뿐이다. 오직 그것뿐.

베이비붐
세대와의 화해,
그들은 꽃을
피웠을까?

어린 시절, 대구 큰이모 댁에 가서 읽을거리를 찾으면
이모부는 베란다 문을 열고 먼지 쌓인 책더미를 가리키시곤
했다. 그곳에 있던 것은 짧으면 10년, 길면 20~30년 된
〈월간 새벗〉으로, 한국전쟁이 한창이던 1952년 창간된
어린이 잡지였다. 연배가 좀 있는 분이라면 다소 촌스러운
서체로 찍힌 〈월간 새벗〉 표제 아래에 어린이들이 활짝
웃고 있는 표지를 기억할지도 모르겠다. 품위 있는 어린이
교양지로 인정받아 1980년에 색동회상을 받았고, 같은
해 문공부장관상을 받기도 했다. 하지만 착하기만 했던

탓인지 경쟁력이 떨어져 적자 누적으로 1981년 폐간될
신세에 처했고, 타사가 인수해 계속 간행하긴 했지만 역시
적자로 2002년 발행이 중단되는 등 우여곡절을 겪었다.
〈리더스 다이제스트〉가 폐간된 지 오래고 '착한 콘텐츠'의
상징이라 할 수 있는 〈샘터〉까지 사라질 위기에 있었으니
이런 '바른' 콘텐츠들이 살길은 이제 점점 요원해지는
모양새다.

다행히 2004년부터 다시 어린이들과 만나고 있는 〈월간
새벗〉은 꽤 많은 양의 어린이용 단행본 소설 '새벗문고'를
함께 내놓았는데, 원로 아동문학가들이 잡지 색에 딱
어울리는 건전한 동화를 다양하게 써냈다. 가끔은 너무
건전해서 읽다가 짜증이 치밀어 오르기도 했지만, 발행
주체가 기독교 단체였던 데다 아이부터 노인까지 새마을
정신을 명심하고 살아야 했던 시대였음을 감안해야 한다.
어려운 시절, 밝고 꿋꿋하고 근면한 어린이상을 보여주어야
한다는 신념을 모든 작가가 공유하고 있었던 것 아닐까.

나는 워낙 어릴 때부터 이렇게 착하고 밝게 살라는
어린이 소설들이 질색이었기 때문에 인상에 크게
남는 작품이 없었지만, 황영애 작가의 1960년대 작품
〈꽃나라에서 온 소녀〉는 아직 기억하고 있다.

제목처럼 티 없이 맑은 열두어 살 난 씩씩한 고아 소녀 봉실이가 주인공이다. 사람들이 성이 무엇이냐 물으면 자신의 이름은 '꽃봉실'이라며 꽃나라의 임금님이 자신의 아버지고 여왕님이 자신의 어머니라고 대답한다. 꽃나라로 돌아가야 하는 길을 잠시 잃었다고 생글생글 대답하는 봉실이를 본 사람들은 아리송해한다. 하지만 밝고 상냥한 봉실이를 한번 알게 된 사람들은 애고 어른이고 할 것 없이 봉실이를 어여삐 여기게 된다. 간혹 '꽃씨' 성이 어디 있느냐고들 묻지만, 봉실이는 어차피 부모가 없어 성을 모른다면 자신에게 가장 어울리는 성을 고르면 되는 거 아니겠느냐고 당차게 반문한다. 착하고 씩씩한 봉실이를 애틋하게 여겨 수양딸로 삼으려는 가족도 있었지만, 봉실이는 자존심 높은 한 마리 들고양이처럼 혼자 힘으로 살면서 언젠가 꽃나라에 돌아가고자 한다.

봉실이에게는 거리에서 알게 된 친구 소년 A가 있는데(너무 오래되어 죄송하게도 그만 이름을 잊어버리고 말았다), 시골에서 살다가 돈을 벌기 위해 서울로 올라온 이 소년도 봉실이와 막상막하로 꿋꿋하다. 공부를 잘하는 형을 뒷바라지하기 위해 거리에서 노점상을 하는 소년은 형을 실컷 공부시키고 또 집안을 일으키고야 말겠다는 굳은 결심으로 신선한 사업 아이디어를 계속 떠올린다. 그러다 어린이들에게 얼마씩 받고 책을 빌려주는 '도서 대여 구루마'로 쏠쏠하게 재미를 보는가 했더니, 지역에서 텃세를 부리는 깡패들이 책과 돈을 빼앗고 수레를 몽땅 부수어 못 쓰게 만들어버린다. 코피를 줄줄 흘리면서도 피를 닦아주려는 봉실이의 손길을 거절하는 소년 A는 요즘 말로 하면 '상남자'다.

봉실이의 기개가 소년 A와 잘 맞아떨어져 둘은 단짝이자 사업 파트너가 된다. 이들은 일제 강점기에 일제가 창경궁을 훼손해 유원지로 만든 '창경원'(1983년 폐쇄 후 지금의 창경궁으로 복구되었다)을 구경하다가 떠올리게 된 아이디어로 히트를 친다. 무엇이냐면, 당시 창경원 하면 코끼리, 코끼리 하면 창경원이라 할 만큼 창경원 동물원의 명물 노릇을 한 것이 코끼리였다. 손님들은 저마다 맛나는 과자를 사서 먹으며 코끼리 구경을 하건만 코끼리는 마른 풀더미를 맛없다는 듯이 씹는다. 이를 보고 봉실이가 "코끼리는 참 불쌍해. 까까도 먹을 수 없고 말이야"라고 말하자, 소년 A는 사람을 위한 까까는 얼마든지 있지만 코끼리를 위한 까까는 없다는 것에 착상해 바로 '코끼리 까까'를 만들어 팔기 시작한다. 코끼리에게 먹이를 준다는 신선함에다 어린

두 아이가 열심히 일하는 것도 대견하다 여겨지면서, 코끼리 까까 장사는 선풍적인 인기를 얻는다. 요즘 같으면 동물원 당국에서 엄격히 규제할 일이지만, 1970년대에는 취객이 호방하게 호랑이 우리에 팔을 넣었다가 호랑이에게 물려 팔이 절단되는 사고가 일어날 정도였으니 아이들의 이런 자그마한 소매업 정도는 봐 주는 분위기였을지도 모른다.

코끼리 까까 장사는 순조롭지만, 봉실이의 얼굴은 나날이 창백해진다. 영양 상태가 불량해 폐병을 앓게 된 것이다. A는 봉실이를 동생 순영에게 부탁해 자신의 고향집에서 요양하게 한다. 아름다운 자연 속에서 몸을 챙기며 A의 형에게 대학노트를 구해 달라고 부탁하고는 남는 시간 글을 쓰는 봉실. 어느 정도 몸이 건강해진 어느 날, 글쓰기에 심취하다 그만 새벽녘에 잠이 든 봉실이를 A의 형이 세차게 깨운다. 두꺼운 대학노트를 가득 채운 봉실이의 글솜씨에 감탄해 "너는 반드시 작가가 되어야 한다"고 다짐을 시키는 것이다. 그제야 봉실이는 자신이 왜 고아인지 깨닫는다. 꽃나라의 임금님과 여왕님인 부모님이 자신을 이 세상에 보낸 것은 주어진 글솜씨로 세상을 아름답게 만들라는 사명이었던 것이다. 희미한 새벽 별빛 속에 무릎을 꿇고 꼭 이 세상을 꽃나라로 만들겠다고 다짐하면서 꽃나라 공주 봉실이의 이야기는 끝난다.

친구와 이 동화에 대해 이야기하며 "어휴, 피곤해. 정말 피곤해!"라고 질색팔색을 하다가 문득 봉실이와 일행들이 살아 있다면 아마 '국제시장' 같은 것을 키워나간 1940~1950년대 태생의 베이비붐 세대였겠구나 싶어 나이를 꼽아보았다. 틈만 나면 젊은 애들을 붙잡고 자신이 얼마나 열심히 살았는지 이야기하는 지루한 어른들로만 여겼던 그 세대의 어린 시절을 생각해본 적은 한 번도 없었다. 열심히 살아야만 했던 그들의 싱그러운 시절은 어려운 경제 상황 속에서 '꽃나라'를 찾아 헤매는 것과 같았을까.

오랜만에 봉실이를 떠올리니 늘 질색이었던 우리나라 베이비붐 세대들의 억척에도 그렇게 푸르른 나날이 있었겠구나 싶었다. 꽃나라를 찾아 헤맨 사람들, 모두 자신의 꽃 한두 송이씩은 피워내셨을지. 갑자기 떠오른 봉실이의 기억 때문에 이렇게 남몰래 나 혼자 베이비붐 세대와 일방적으로 화해하게 되었다.

4장

삶을,
건너는
법

누구나
저마다의 방법으로
어떻게든
삶을 견딘다

텔레비전을 거의 보지 않으니 자연히 드라마도 즐기지
않지만, 그래도 떠올리며 쿡쿡 웃는 드라마가 몇 작품
있다. 아마 손에 꼽아 보면 평생 제대로 본 드라마가 열
손가락을 넘지 않을 테니 꽤 열심히 보았다는 이야기다. 이
드라마들이 훌륭하고 예술적이라는 이야기가 아니라, 내가
울적하고 속상할 때 순식간에 웃음을 '빵' 하고 터뜨려주는
주술적 효과가 있었다는 것이다. 먼저 소개할 작품은
권상우의 출세작 〈천국의 계단〉. '아베 마리아Ave Maria'라는
곡이 '두두 둥둥둥' 하고 흐르면 부메랑을 날리며 "송주

오빠!" "정서야!" 하며 배우 최지우와 권상우가 서로 목이 터져라 부르던 것을 기억하는 분들이 있을 것이다.

재벌 후계자인 권상우를 잡기 위해 김태희와 이휘향 모녀는 온갖 계략을 꾸며 두 사람 사이를 방해하다 천신만고 끝에 김태희와 권상우의 결혼식 날짜를 잡지만, 권상우는 그 하루 전에 최지우와 결혼식을 올려버린다. 그날 저녁, 침통한 모녀를 습격한 사람들은 형사들로 오래전 김태희가 자동차로 최지우를 치었던 사건을 조사하기 위해 덮친 것이다. 체포되는 김태희 앞에서 이휘향이 외친다.

"애가 누군지 알아! 내일 결혼할 애야! 애가 글로벌그룹(그룹 이름이 '글로벌그룹'이다!) 며느리 될 애라고!"

그러자 형사 역을 맡은 단역 연기자가 김태희를 끌고 가며 이렇게 말한다.

"결혼이고 며느리고 중요하지 않습니다!"

그 침착한 대응에 나는 데굴데굴 구르며 웃었다. 그 뒤 힘든 일이 있을 때마다 나는 자신에게 그 대사를 써먹기 시작했다.

"남자친구고 이별이고 중요하지 않습니다!"

"취업이고 낙방이고 중요하지 않습니다!"

그렇게 낄낄 웃고 나면 정말 중요하지 않은 것 같은 기분이 들었다. 막장 드라마의 효시처럼 불리는 임성한 작가의 옛 드라마 〈인어 아가씨〉도 이런 면에서 나에게 큰 도움을 주었다. 가족을 버리고 재혼한 아버지에게 복수하기 위해 철저히 노력한 주인공 아리영은 결국 이복 여동생의 약혼자 주왕을 빼앗는다. 아버지와 새엄마 심수정이 집으로 찾아와 대거리를 하고, 그 와중에 아버지에게 따귀를 맞은 아리영은 "날 쳤어?" 하더니 에잉? 아버지를 치는 게 아니라 그 옆에 있던 새엄마 따귀를 후려갈기는 게 아닌가. 자기가 때린 것도 아니고 그 자리에 따라간 죄로 호되게 따귀를 맞은 심수정은 고래고래 소리친다.

"아니, 이년아! 만만한 게 나야?"

그 대사를 듣고 나는 또 데굴데굴 구르며 웃었다. 살다 보니 내가 때린 것도 아니고 심수정처럼 남의 남편을 빼앗은 것도 아닌데 정신적으로 따귀를 맞는 일이 숱하게 있었다. 그럴 때마다 울고불면서 에너지를 쓰면 너무 힘드니 혼자 외치는 것이다.

"아니, 이년아! 만만한 게 나야?"

정말이지 세상을 향해 여러 번 외쳤다.

"이봐, 만만한 게 나냐고!"

어른이 되어 보니 이유 없이 따귀 맞는 일이 흔했고, 거기에 일일이 속상하다고 엉엉 우는 것보다는 혼자 외치는 게 훨씬 견디기 쉬웠다.

"이놈의 인생아! 만만한 게 나야?"

빵빵하게 부풀어 있는 풍선처럼 단단한 우리네 삶에 이렇게 농담거리가 하나라도 있다면 훨씬 나을 것이다.

내가 끝까지 본 몇 안 되는 미국 드라마도 고맙게도 이런 농담거리를 하나 던져줬다. 〈내가 그녀를 만났을 때〉라는 제목으로 무려 10시즌까지 방송된 작품이다. 결혼해서 가정을 꾸려 자리 잡고 싶어 하는 테드라는 남성이 아내가 될 만한 온갖 여성을 만나며 친한 친구들과 벌이는 갖은 에피소드를 다룬 드라마다. 늘 결혼을 꿈꾸는 테드가 마침내 스텔라라는 여성과 결혼식을 올리기에 이른다. 턱시도와 웨딩드레스도 마련되었고 결혼식장도 준비 만반. 이제 식장으로 들어가 서약만 하면 되는데 신부가 사라졌다. 말 그대로 결혼식장에서 버림받은 것이다. 전남편을 잊지 못한 스텔라가 그만 도망쳐버린 것.

한동안 방황하던 테드는 스텔라가 전남편과 그 사이에서 낳은 딸과 완벽한 가족을 이루며 사는 모습을 멀리서 지켜본다. 우연히 스텔라를 만난 테드는 너는

너의 짝을 만났는데 나의 짝은 언제 나타나는 거냐고
하소연한다. 그러자 스텔라는 기지를 발휘해 속도위반
과태료 딱지를 면한 이야기를 들려준다. 어느 날 과속하고
있는데, 덤불 속에서 경찰관이 뿅 하고 나타나 스피드건을
보여주면서 이렇게 말했다는 것이다.

"아가씨가 여기 올 줄 알고 내가 온종일 기다리고
있었지!"

그러자 스텔라가 대답한다.

"그럴 줄 알고 최대한 빨리 온 거예요."

둘은 쿡쿡 웃고, 스텔라는 테드를 위로한다.

"너의 단 한 사람은, 아마 지금 최대한 빨리 오고 있을
거야."

이렇게 아무도 기억하지 않는 드라마 대사들은 내게
여전히 살아서 내 삶을 주성치 영화처럼 만드는 걸 계속
도와주고 있다.

"가난이고 실업이고 중요하지 않습니다!"

"30대고 나이고 중요하지 않습니다!"

"책이 잘 팔리고 안 팔리고 중요하지 않습니다!"

아무도 없는 집에서 걱정되는 게 있으면 무표정한 얼굴로
김태희를 질질 끌고 가던 형사 역을 열심히 흉내 낸다. 누가

부당한 대접을 하면 속으로 "이 XX야! 만만한 게 나야?"
하고 막장 드라마의 여배우처럼 소리를 꽥 질러본다. 이것은
사회에서 인정받을 만한 A급 인간이 아닌 내가 삶을 견디는
방법이다. 누구에게 하소연하지 말고, 징징거리지 말고, 잘 안
되는 기력 억지로 끌어모아 "아자, 아자, 파이팅"을 외치다 힘
빠지지 말고, 그냥 빡빡한 인생에 조그만 바람구멍을 내어 뻥
터지지 않도록 힘을 안배하는 법.

　작가, 소설가라는 타이틀을 달고 그간 책을 20여
권이나 냈는데도 인세 수입으로 살아갈 길은 요원하다.
내 삶의 앞길은 솔직히 오래된 알전구처럼 어둡다. 게다가
이제 내 친구들은 거의 다 짝을 찾았다. 짝을 찾은 것은
물론이고 아이까지 낳아 사회에서 원하는 정상 가족
형태를 이루고 있다. 사회에서 권장하는 정상 가족의
일원이 되고 싶진 않지만 나를 받아줄 수 있고 기댈 수
있는 사람을 만나고 싶은 소망은 아직 죽지 않아 짝을 이룬
사람에 대한 부러움을 소환한다. 그럴 때도 '아이고, 내
팔자야, 외로워, 외로워' 이렇게 생각하지 않고 그 사람은
아마 어딘가에 있을 거라고 믿는다. 다만 지금 내 옆에
없는 건 오는 중일 거라고, 최대한 빨리 오는 중일 거라고
믿어보는 것이다. 대중문화에 빠져 사는 것을 무시하는

식자가 많지만, 아마도 대중문화를 사랑하는 사람들은 이런 효용 때문에 빠져 있는 거라고 나는 생각한다. 그래서 나는 어떤 사람도 욕하지 않으려 애쓴다. 알고 보면 다들 어떻게든 삶을 견디는 중이니까.

함부로
밝아질 것,
내일 더
행복해지기 위해

몬티 파이선Monty Python? 한국에는 그리 많이
알려지지 않은 이름이다. 영국의 '개그 콘서트' 그룹
같은 거라 생각하면 조금 이해가 빠를지도 모르겠다.
뮤지컬을 좋아하는 분이라면 〈스팸어랏〉 원작을 만든
사람들이라는 설명에 '아!' 하실지도. 영화 좀 본 사람은
테리 길리엄이라는 이름 정도는 꿰고 있을 텐데, 그 테리
길리엄이 영국에서 몸담았던 곳이 바로 '몬티 파이선'이다.
또한 '스팸메일'이라는, 모두가 싫어하는 그 단어의
창시자이기도 하다. 텔레비전 토막극도 만들고 영화도

만드는 이들이 제작한 어느 콩트에서 종업원은 스팸으로만 가득한 메뉴판을 읽어준다. 게다가 그 메뉴 목록을 제대로 들을 여유도 없이 식당 한쪽 구석에 앉아 있는 바이킹들이 뜬금없이 스팸에 대한 노래를 부른다. 말하자면 '스패밍'을 한 것이다. 이 상황은 제2차 세계대전 시절 먹을 게 너무나 없었던 영국에 미국이 그나마 풍부하게 공급해준 식품이 '스팸'이었다는 데서 기인한다고. 이후 원하지 않는 것을 잔뜩 받을 때 그것을 '스팸메일'이라 표현하게 되었다고 한다.

테리 길리엄 이야기로 다시 돌아가서, 한국예술종합학교 영상원에서 영화를 전공한 나는 동기들과 나이도, 취향도 맞지 않아 내내 겉돌았다. 사회 맛을 한번 보고 나이도 적당히 먹은 뒤 입학한 동기들은 영화에 대한 열정이 가득했지만, 나는 남보다 조금 일찍 운 좋게 대학에 입성했기에 대학생활에 대한 기대만 가득해 삐걱거릴 수밖에 없었다. 특히 동기들이 좋아하는 영화는 내게 너무 어려웠다. 그때 모두가 숭배한 감독이 테리 길리엄이었고, 이 정도 좋아한다고 하면 알아주던 시절이었다. 모두가 좋아하는 것이 싫었던 삐딱한 열여덟 살의 어느 날 〈삶의 의미〉를 본 나는 같은 과 학생들과

본격적으로 척지기 시작했다. 그 대단한 테리 길리엄이
몬티 파이선의 일원으로 〈삶의 의미〉(1983), 〈몬티 파이선의
성배〉(1975), 〈브라이언의 삶〉(1979) 같은 희한한 코미디
영화에 재능을 쏟아붓곤 했다는 걸 동기들은 아무도
몰랐다.

　담당 교수님은 어느 날 몬티 파이선에 빠져 있는 나를
붙잡고 심각하게 말씀하셨다.

　"너 그런 영화만 보다간 절대로 한국에서 영화 못
한다."

　결국 10년 전 데뷔해 시나리오 작가로서
〈언니가 간다〉라는 처참한 흥행 작품만 한 편 만들고
개점휴업했으니 그 예언은 맞아떨어진 셈이 됐지만, 몬티
파이선에 빠져 지낸 데에는 후회가 없다. 이 영화 세
편만으로도 20대를 너끈히 살아낼 힘을 얻었기 때문이다.
바보스러운 유머에 몸 던지는 걸 아끼지 않아서 멤버
대부분이 옥스브리지(옥스퍼드+케임브리지 대학) 출신임을
알게 된 사람들은 놀라곤 했지만, 어쨌든 이들은 정말이지
개그를 위해서라면 온몸을 불살랐다. 이들의 도다리
같은 유머에 빠져들었던 희생자도 상당하다. 〈은하수를
여행하는 히치하이커를 위한 안내서〉로 유명한 작가

더글러스 애덤스도 몬티 파이선의 각본가로 잠시 활약했고, 비틀스 멤버였던 조지 해리슨은 영화 〈브라이언의 삶〉 제작비를 대려고 집까지 팔았다. 이유는 간단했다. "내가 보고 싶으니까." 예수가 태어나던 시각에 옆집에서 태어난 아기 브라이언의 재수 없는 삶을 그린 이 영화는 마지막 부분에서 십자가에 매달린 조지 해리슨을 볼 수 있는 것 말고도 영국인에게 큰 선물을 주었다.

장례식 때마다 빠짐없이 영국인들이 부른다는 노래가 그 선물이다. 〈몬티 파이선의 성배〉와 〈브라이언의 삶〉에서 주연을 맡았던 그레이엄 채프먼은 암으로 멤버 중 가장 먼저 죽었는데, 유언도 비범했다. 동료 존 클리스에게 "자네는 영국 텔레비전 최초로 'shit'이라는 단어를 말한 인물이니 장례식에서 최초로 'fuck'이라고 말하는 사람이 되어 주게"라는 곤란한 유언을 남긴 것. 덕분에 존 클리스는 장례식장에서 "fuck, fuck, fuck"을 울면서 외쳐야 했다. 죽음까지 일관된 이 도다리 유머! 심지어 사후 텔레비전 쇼에 유골함으로 출연하기까지 했다. 유골함이 달그락거리자 멤버들은 "오, 그레이엄이 뭔가 말하고 싶은가 봐요! 뭐? 죽은 게 X같다고?" 하며 호들갑을 떨다가 결국 유골함을 뒤엎었고 그레이엄을 모으겠다며 진공청소기까지

끌고 나온다. 그의 장례식에서는 앞서 언급한 노래를
조문객이 다같이 불렀다. 〈브라이언의 삶〉에서 십자가에
매달려 해맑게 웃는 역으로 등장한 에릭 아이들이 만든
노래 말이다. 2012년 런던올림픽 폐막식에서도 그가 칠순의
몸을 이끌고 등장해 불렀으며, 포클랜드전쟁 때 격침된
영국 군함에서 구조를 기다리던 이들이 합창한 것으로도
유명한 노래다. 그러면 얼마나 희망적 노래인지 궁금할
듯도 한데, 내 영어 솜씨는 도다리 유머의 일부라 치고
헤량하시길.

Always Look on the Bright Side of Life
언제나 삶의 밝은 면을 보라고!

When you're chewing on life's gristle, Don't grumble,
give a whistle. And this'll help things turn out for the
best.
인생이 찌꺼기를 던져줘도 투덜대지 말고 휘파람이나
불어. 그게 최선이지.

And always look on the bright side of life. Always

look on the light side of life.

그리고 늘 삶의 밝은 면을 보라고!

Life's a piece of shit, When you look at it. Life's a
laugh and death's a joke, it's true.

잘 보면 산다는 건 똥이지, 삶은 웃음거리, 죽음은
농담거리.

So always look on the bright side of death. Just

before you draw your terminal breath.

그러니 늘 죽음의 밝은 면을 보자고, 마지막 숨이

넘어가기 전에.

대충 이런 꿈도 희망도 없는 노래를 어째서
장례식에서건, 격침당한 군함에서건, 올림픽에서건 할
것 없이 불러대는지 모를 일이다. 심지어 찰스 왕세자의
60세 생일파티에서도 불렀는데, 다양한 예술가들이
우아한 축하공연을 펼치는 와중에 또 에릭 아이들 영감이
왕실이고 뭐고 할 것 없이 망측한 발레리나 의상을 입고
등장해 노래했다.

When you're 60 years of age. And your mum won't leave the stage. Remember that you're still prince of Wales.

네 나이도 환갑이건만 너희 엄마는 무대(왕위)를 떠나지 않는구나. 그래도 넌 여전히 '프린스 오브 웨일스'잖니!

다시 대학교 1학년의 열여덟 살로 돌아간다면 몬티 파이선의 DVD 박스를 열지 않았을까? 미장센이 아름답다고 잘 알려진 '진지' 노선을 탄 영화들을 골랐을까? 설마…. 혹시 지금 어떤 선택을 후회하는 분이 있다면 에릭 아이들이 런던올림픽 폐막식을 장식하던, 그 생동감 넘치는 장면을 생각하며 나와 함께 노래 부르자고 권하고 싶다. 언제나 삶의 밝은 면을 보자고! 언제나 밝은 면을!

수고하고 무거운 짐을 지고 있어 고단한가? 그렇다면
잠시 키아누 리브스를 생각해보자. 갑자기 웬 키아누
리브스냐고? 당신에게 키아누 리브스는 어떤 이미지인가?
빨간 알약을 먹고 이 세상을 구해내는 〈매트릭스〉의 네오?
아내가 남긴 강아지를 잃고 다 박살내버리는 〈존 윅〉의
존 윅? 네오처럼, 존 윅처럼 매력과 능력이 철철 넘치는
인물이 되어야 한다는 압박이 강한 당신이라면 키아누
리브스의 1980~1990년대 작품을 권하고 싶다. 지금이야
세상도 구하고 도시 하나를 부숴버리는 늙지도 않는

신비의 사나이지만, 1980년대 후반에서 1990년대 초반의 그는 정말이지 연기를… 너무나 못했다! 영어를 모르는 초등학생이 그렇게 느낄 정도였다면 얼마나 국어책, 아니 영어책을 읽었는지 짐작할 수 있을 것이다.

출세작인 코미디 영화 〈빌과 테드의 엑설런트 어드벤처〉에서 키아누 리브스는 절친인 빌과 '와일드 스탈린즈'라는 로큰롤 그룹을 하는, 공부와는 담쌓은 '찐따' 고교생 테드로 나온다. 마음이 맞는 순간이면 늘 기타 치는 시늉, 곧 '에어기타' 액션을 하는 이 유쾌한 녀석들은 워낙 공부를 못해 만약 시험에서 낙제하면 테드는 아버지의 위협대로 군사학교에 홀로 보내질 판이었다. 마지막으로 역사 구술시험 기회가 주어지지만 이 녀석들은 도무지 머리에 든 게 없다. 그런데 이게 웬일? 자신이 700세나 되었다고 주장하는 노인이 미래로부터 나타나 편의점 앞 공중전화 부스가 타임머신이니 그것을 타고 과거로 가라고 명한다. 역사를 직접 체험하게 해 시험에 대비시키려는 것이다. 녀석들이 헤어지지 않고 미래에 훌륭한 음악가가 되어야 이들의 음악으로 전쟁 없는 평화로운 세상이 만들어지기 때문이다. 말도 안 되는 소리!

하지만 정말로 빌과 테드는 소크라테스, 칭기즈칸,

잔다르크, 나폴레옹, 베토벤 같은 역사 속 인물들을 전부
만나고 아예 현대로 데려오기까지 하는데, 현대 문명의
신기함에 푹 빠진 이들은 쇼핑몰에서 각종 소동을
일으킨다. 이때는 그다지 스타가 될 싹수가 보이지 않았던
키아누 리브스의 바보같이 '헤~' 하고 웃는 얼굴이
일품이다. 이 남자가 나중에 세상을 구해낼 거라고는 차마
상상이 안 된다! 이때 톰 크루즈 같은 배우는 〈어 퓨 굿 맨〉
같은 진지한 영화를 한창 찍고 있었다. 키아누 리브스는
할리우드에서 열과 성을 다해 바보 부문을 담당했던
것이다. 어쨌든 이 미워할 수 없는 녀석들이 나름대로
인기를 끌었는지, 〈빌과 테드의 엑설런트 어드벤처〉는 3년
뒤 속편까지 나온다. 서기 2691년, 악당 노몰로스는 장차
음악으로 인류를 구하게 될 빌과 테드를 처치하기 위해
가짜 빌과 테드 로봇을 만들어 1991년으로 보낸다. 그때
진짜 빌과 테드는 상금 2000달러가 걸린 밴드 콘테스트에
참가하기 위해 준비가 한창이었다. 물론 무슨 용기로
콘테스트에 나갈 생각이었는지 연주는 무진장 못한다.
그런데 가짜 빌과 테드 로봇이 이들의 생활을 망쳐놓는
것은 물론, 아예 죽게 만들어 빌과 테드는 저승으로
가버린다! 결국 저승사자까지 자기 밴드에 합류시켜 악의

로봇들을 처치한 빌과 테드는 시간을 뛰어넘는 능력을 사용해 악기 실력까지 향상시킨 뒤 밴드 콘테스트에서 승리한다. 어이없는 이야기에 어이없는 결말이다. 보고 있는 내내 '아이고 내 시간' 싶을 만큼. 그런데 키아누 리브스의 '헤~' 하는 얼굴이 정말 뭐라 말할 수 없을 만큼 귀엽다. 바보! 바보! 진짜 바보 같아! 근데 너무 귀여워!

이 사람이 불과 몇 년 뒤 〈스피드〉에서 터프한 헤어스타일을 한 채 버스 아래에 설치된 폭탄을 제거하는 액션 스타가 될 거라고는 상상도 못할 모습이다. 그 일 년 전 작품인 〈폭풍 속으로〉에서 약간 싹수가 보인 것도 같다. 몇 년 전 고인이 된 패트릭 스웨이지가 그의 필모그래피 중 가장 멋진 모습을 보여준 영화라고 생각하는데, 거기서 그는 서핑을 즐기는 서퍼들로만 구성된 강도단의 보스다. 이 강도단은 언제나 장난스러운 모습으로 전직 대통령 가면을 쓰고 신속 정확하게 은행을 털어 경찰도 꼼짝할 수가 없다. 키아누 리브스는 신참 FBI 수사관으로 이 사건에 배속된다. 뻣뻣하고 국어책 읽는 듯한 연기는 여전했지만, 남성미에 아름다움까지 갖추고 연기력까지 받쳐주었던 패트릭 스웨이지가 모든 사람을 자신에게로 끌어들이는 폭발적인 매력으로 키아누 리브스를 압도해 그리 눈에 띄지 않았다.

오히려 약간 어버버하는 키아누 리브스의 연기력이 극단적 자유를 추구하는 패트릭 스웨이지에게 매혹되는 캐릭터로서 잘 어울렸다.

　어렸을 때는 그저 재미있는 액션 영화려니 했는데, 커서 보니 절대로 자라지 않고 소년으로 남아 있으려는 남자들의 분투를 그린 영화였다. 소년이 신중하게 어른이 되는 것은 너무나 어려워 그 과정에 십중팔구 죽어버리기 십상이다. 그런 선례가 너무나 많았기에 절대 어른이 되고 싶지 않은 남자들은 자신만은 영원히 파도 속에서 군림할 수 있다고 굳게 믿으면서 거대한 파도 위에 세상의 왕이라도 된 듯 교만하게 서고, 아름다운 연인을 옆에 두고 모닥불을 피운 채 자신들이 규칙을 만든 풋볼을 하면서 강도질을 해서라도 영원히 그 바다에 남고 싶어 한다. 그러나 세상은 피터팬을 가만히 두지 않는다. 범죄를 저지른 피터팬이라면 더더욱. 영원히 장난스러운 소년으로 남기 위해 모조리 웃는 얼굴의 가면을 쓰고 장난 같은 강도질을 계속하던 보디(패트릭 스웨이지)는 마침내 동료가 총에 맞는 순간 그 피에 손을 적시고, 소년의 세계에서 영원히 추방된다. 이제 다시는 소년이 될 수 없다. 더이상 그들의 강도질은 경쾌한 '장난'이 아니게 된다. 더는 돌아갈 곳이 없다.

연인의 만류까지 뿌리치고 사라진 그의 흔적을 집요하게 뒤쫓는 키아누 리브스의 추적은 어찌 보면 보디에게 흠뻑 빠진 것처럼 보이는데, 그것은 보디에게 사로잡힌 자신의 소년 시대를 끝내고자 하는 발버둥처럼 보였다. 끝내 보디는 말 그대로 거대한 파도를 타고 '폭풍 속으로' 사라진다. 결국 영원한 소년으로 남기 위해서는 죽음과 사라짐에 입 맞추는 수밖에 없었는지도 모르겠다.

어쨌든 '혜~' 하고 웃는 테드를 거쳐 뻣뻣한 수사관 조니 유타를(그사이에 〈코드명 J〉와 〈체인 리액션〉 같은 한심한 영화들이 잔뜩 있다) 건너고 나서야 키아누 리브스는 네오와 존 윅이 될 수 있었다. 내가 결국 하고 싶은 이야기는, 나를 비롯해 빨리 좀 근사한 사람이 되어야 할 것 같아 초조감이 드는 사람들에게 하고 싶은 이야기다. '네오'가 한때 누구였는지 생각해볼 것. 그러고 나서 허공을 향해 기타 치는 흉내라도 한 방 먹이고 몇 번이라도 다시 시작하는 것이다.

리버 피닉스,
평생 초가을에
머물 운명이었나

10월 31일은 영화배우 리버 피닉스의 기일이다.
1970년에 태어나 1993년에 생을 마친, 만 23년에 불과한
그의 삶은 불꽃처럼 짧았지만 여러 사람의 마음에 불을
당겼고, 너무 이른 죽음으로 하얀 재가 되어 남았다.
히피인 부모 사이에서 태어나 '리버 주드 보텀'이라는
독특한 이름을 가졌던 그는 난교亂交 등 기행을 일삼는
사이비 종교에 빠진 부모 덕에 동생들과 함께 길에서
노래를 부르며 동전을 얻어야 했다. 이때 함께했던 동생들
중 하나가 영화 〈앙코르〉와 〈조커〉 등으로 유명한 호아킨

피닉스다. 그의 형처럼 연기같이 사라져버릴 것만 같은 매력은 지니지 않았지만, 선 굵은 인상과 그에 어울리는 연기로 널리 인정받고 있다. 어쨌든 난교를 실행하는 이 괴상한 종교에서 탈퇴한 그들은 새로 태어난다는 의미에서 성을 '피닉스'로 바꾸게 된다.

파란만장한 어린 시절을 보내느라 리버 피닉스와 동생들은 정규교육을 받지 못했고, 읽고 쓰는 것은 좋아했지만 또래라면 마땅히 알 만한 상식과 역사를 전혀 익히지 못했다. 아역 배우 시절 함께 출연했던 동년배 배우들에게 틈나는 대로 여러 가지를 배웠다고 한다. 동생들과 거리에서 노래를 부르며 푼돈을 벌고 있는 모습이 어느 에이전트의 눈에 띄어 광고에 캐스팅됐고, 텔레비전 프로그램에 출연하며 미디어에 데뷔한다. 이후 로브 라이너 감독의 작품으로 잘 알려진 〈스탠 바이 미〉에서 또래의 리더 역할을 하는 크리스 챔버스 역을 맡아 전국적인 명성을 얻는다. 이때 역할에 너무 몰입해서 빠져나오기가 매우 어려웠다고 한다. 명주실처럼 섬세한 연기를 하는 그의 모습에 관객들도 빠져나오기 어려웠던 것은 마찬가지였다.

18세에 출연한 시드니 루멧 감독의 〈허공에의

질주)로 그는 관객을 더욱 매혹시킨다. 이른바 운동권 부모 밑에서 태어나 일종의 테러 행위를 저지른 부모 때문에 늘 도망자의 삶을 사는 소년 역이었다. 그 역할 때문에 피아노를 배웠는데, 진짜 피아노를 갖지 못해 마분지에 그려진 건반을 누르는 모습이 마치 정말로 피아노를 치는 것 같았다고 한다. 이 연기로 아카데미 남우조연상 후보에 오르기도 했다. 〈인디아나 존스〉에서는 주인공의 어린 시절을 연기했고, 〈샌프란시스코에서 하룻밤〉에서는 선량한 해병 역을 맡기도 했다. 로버트 레드퍼드가 주연한 해커 이야기 〈스니커즈〉에도 출연하면서 필모그래피를 조금씩 늘려갔지만, 그의 광채는 할리우드 블록버스터에서 뿜어져나온 게 아니었다.

스물한 살에 키아누 리브스와 함께 출연한 거스 밴 샌트 감독의 〈아이다호〉에서 그는 남창 역할을 연기했다. 퇴폐적이지 않고 어딘가 곧 무너져버릴 것 같은 허무한 모습으로 스크린을 채웠다. 틈만 나면 자기도 모르게 잠에 빠져버리는, 기면증이라는 병을 앓는 사내 역이었다. 그때 일반인들에게도 이 병이 널리 알려졌는데, 스러져버릴 것 같은 외모의 리버 피닉스와 죽음 같은 잠에 툭하면 납치되는 이 병은 너무도 잘 어울렸다. 정말로 기면증을

앓고 있는 것만 같은 남창 '마이크'의 모습을 섬세하게
연기한 그에게 영화계는 베네치아영화제 남우주연상으로
화답했다.

　타고난 재능으로 보는 사람을 매료시키는 영화계의
샛별. 누구보다 환하게 빛나다가도 곧 스러져버릴 것 같은
그림자를 길게 드리운 그는, 사실 돌이켜보면 어쩐지 오래
살지 못할 것 같은 관상이었다. 자기 안에 존재하는 모든
빛을 일찍 끌어모아 모조리 연소시키고 공중으로 하얗게
날아가버릴 것 같은 얼굴이었다. 이 관상 때문이었을까,
이즈음부터 피닉스는 마약을 애용하기 시작한다.
마리화나, 코카인, 헤로인 등 종류도 많았다. 알코올중독도
활발하게 그를 괴롭혔다. 피닉스는 가죽 벨트도 차지 않을
만큼 철저한 채식주의자였다. 동물 보호, 정치 운동에
힘썼던 그의 남다른 감수성이 거친 세상을 잘 살아내는
데는 그다지 도움이 되지 않았던 것도 같다. 10대 시절
연인이었던 여배우 마샤 플림튼과 레스토랑에서 식사를
하는데, 마샤가 껍데기가 연한 게 요리를 시키자 피닉스는
참지 못하고 레스토랑 밖으로 나가 눈물을 흘렸다고 한다.
동물을 먹는 풍경조차 그에게는 괴로움이었던 것이다.

　코스타리카의 어떤 지역을 개발로부터 보호하기 위해

약 98만 평을 직접 구입하는 행동파이기도 했다. 연기에도 열정이 있었지만 음악에 늘 미련을 둬서 여동생과 밴드를 결성해 활동한 적도 있는데, 이 곡의 저작권을 동물권 보호단체인 'PETA'에 넘겼다. 그의 마지막 작품인 〈리버 피닉스의 콜 잇 러브〉는 컨트리 음악을 하는 젊은이들의 이야기를 담았는데, 피닉스는 여기에서 직접 기타를 치며 노래를 불렀다. 컨트리 음악의 메카 내슈빌에 내일의 스타를 꿈꾸며 몰려드는 가수 지망생 '제임스'를 연기한 이 작품에서 피닉스는 끊임없이 노래한다. 유작이 되어버린 이 영화에서 피닉스는 다른 어느 작품보다 편안해 보인다. 기타를 들고 노래를 부를 때가 그를 가장 태평스럽게 만들어주었던 게 아닐까.

이 세상을 살아가기에는 힘들 만큼 너무나 섬세한 영혼을 가진 사람들이 있다. 피닉스가 그런 사람이었던 것도 같다. 후에 리어나도 디캐프리오에게 넘어간 〈바스켓볼 다이어리〉 촬영을 앞두고 있던 그는 조니 뎁이 운영하던 클럽에서 발작을 일으킨 뒤 쓰러져 영영 일어나지 못했다. 부검 결과 급성 다량 약물중독이 사망 원인으로 밝혀졌다. 그러나 그의 어머니 알린은 "아들이 만성적으로 약물을 복용하는 마약중독자는 아니었다"라면서 아들이 관심을 가졌던 환경과 정치, 평화를 기억해달라고 호소했다.

나이 든 모습을 상상할 수 없는 사람이 있다. 피닉스가 살아 있다면 오십이 다 되었을 것이다. 그런데 오십이 된 피닉스는 차치하고 삼십대, 사십대를 살아내는 그의 모습도 상상이 잘 가지 않는다. 피닉스의 연기를 볼 때마다 느껴지는 허무한 아름다움은, 한 사람이 오래 간직하면서 은행 예금을 야금야금 꺼내 쓰는 듯한 종류의 아름다움이 아니었던 것 같다. 우리 같은 범인들이 봄, 여름, 가을, 겨울을 살아갈 때 피닉스는 평생 초가을에 머물러 있어야 하는 운명이었던 듯도 하다. 초가을 바닷가에서 허공에 쏘아 올리는 불꽃놀이처럼, 찬연하게 빛나지만 결코 붙잡을 수 없는. 우리가 지구에 붙잡아둘 수 없었던 영혼이 찬란한 여름을 지나 늦가을의 마지막을 더 버텨내지 못하고 이 세상에서 사라졌다.

그러므로 쓰라,
그 시절의 靑春을

청춘 시절의 독서만큼 영혼에 진하게 남는 열독의
경험은 그리 많지 않을 것이다. 쓰는 쪽, 읽는 쪽 모두
불타는 듯한 열정으로 활자에 덤벼들기 때문이다. 내가
여러 번 읽어 책장이 다 닳아빠진 책 중에는 김연수
작가의 《청춘의 문장들》이 있다. 외국어에도 능하고,
한시를 해석하는 데도 능숙한 작가는 우리 일상에 '청춘의
문장들'이 찰싹 달라붙는 순간을 예민하게 사로잡아
종이에 옮긴다. 거창하고 위대한 인생의 모습이 아니라,
작가가 자신의 청춘을 사로잡았던 문장을 서정적이면서도

위트 있게 그려나간다. 이를테면 군에 입대해 힘들던 일등병 시절, 작가는 화장실에 청소하러 갔다가 누군가가 적어놓은 금언金言을 보게 된다.《논어》의 한 구절이었다.

즐거워하되 음란하지 말며 슬프되 상심에 이러지 말자.
樂而不淫 哀而不傷

작가는 오줌이 묻은 양철 집게로 담배꽁초를 줍다 말고 한참 동안 웃음을 터뜨렸다. 왜냐하면 "상심에 이러지 말자"가 아니라 "상심에 이르지 말자"라고 써야 했기 때문이다. 그러면서 계속 청소를 하는데 작가의 머릿속에는 자꾸만 공자님이 집게를 든 작가의 소매를 부여잡고 "김 일병, 이러지 말자. 우리 아무리 슬프되 상심에 이러지 말자" 하는 광경이 떠올라 배를 잡고 웃었다고 한다. 많은 독자가 사랑한 이 책은 발매 10주년을 맞아 새로 출간됐다. 청춘, 우연, 재능, 간절함, 직업, 소설, 불안, 책을 읽는다는 것 등의 키워드를 놓고 금정연 평론가와 함께 이야기했고, 새 산문 열 편도 실었다.

청춘의 언어를 정갈하게 그려내는 작가로 요즘 최고의 인기를 누리고 있는 박준 시인도 빼먹을 수 없다.

시집《당신의 이름을 지어다가 며칠은 먹었다》도 많은
사랑을 받았지만, 산문집《운다고 달라지는 일은 아무것도
없겠지만》은 더 많은 독자에게 다가갔다. 시에서도,
산문에서도 그는 세상에서 쓸데없는 존재로 여겨지는 어떤
존재와 기억을 끊임없이 호출한다. 자본주의 사회에서는
아무런 가치도 얻지 못하는 '무용'한 것들에 대한 사랑이다.

한겨레문학상을 받은 최진영 작가의《당신 옆을
스쳐간 그 소녀의 이름은》《끝나지 않는 노래》는 여성
화자들의 성장과 슬픔을 그려낸다. 판타지와 현실을
능란하게 드나드는 독특한 재능의 소유자인 정세랑 작가의
《이만큼 가까이》는 파주가 지금보다 서울에서 아주 멀게
느껴지던 시절, 20년 전의 학창시절을 함께한 화자인
'나'와 주연, 송이, 수미, 민웅, 찬겸 등 여섯 명의 친구들,
그리고 주연의 오빠인 주완의 과거와 현재를 오가면서
이야기를 진행하고 아이들의 성장을 보여준다. 김금희
작가의《경애의 마음》은 오래전 끔찍한 사고를 간접적으로
겪은 경애와 상수가 그 사실을 모른 채 한 회사에 다니게
되는 이야기다. 많은 아이가 콜라텍에 모여 신나게 놀고
있는데 부엌에서 불이 나 아이들은 도망치려고 하지만
화재의 기운을 가장 먼저 알아채고 도망친 콜라텍 사장은

아이들이 돈을 안 내고 갈까 봐 바깥에서 문을 걸어 잠근다. 도망갈 길이 사라진 소년·소녀들은 불타버린 시체가 되어서야 지상으로 나올 수 있었다. 경애와 상수는 이 사고로 공통의 친구를 잃었지만, 그 사실을 아주 나중에야 알게 된다.

한국 남성 작가들이 쓴 성장소설에 간혹 피로감을 느낄 때가 있다. 아름다운 옆집 누나에 대한 짝사랑, 첫 마스터베이션, 섹스에 대한 호기심, 불량배와 '맞짱' 뜨기 같은 소년의 성장사에 당연한 듯 등장하는 장치에 질렸다면, 손아람 작가의 장편소설《진실이 말소된 페이지》를 권하고 싶다. 과거 래퍼였던 작가의 자전적 이야기가 많이 들어 있는데, 뜨겁게 힙합에 빠졌다가도 현실과 부딪히며 깨져나가는 젊은이들의 모습을 생생하게 볼 수 있다. 손아람 작가의 성장소설이《진실이 말소된 페이지》라면, 청춘소설은《디 마이너스》다. 2000년 초에 대학에 들어온 주인공은 학생운동의 명맥이 거의 끊어진 상황이었음에도 선배나 친구들을 따라 당시 거리에 나앉은 대우 사태 노동자들과 연대하기 위해 출동한다. 키가 크고 체격이 좋아 맨 앞에 서는 '사수대'가 된 주인공은 과거의 유산인 줄만 알았던 대공분실에 끌려가 결국

친구의 이름을 불고 만다. 한때 비슷비슷한 내용의 운동권
후일담 소설이 유행처럼 번진 적이 있지만《디 마이너스》는
감상이나 자기연민에 빠지지 않고 냉정하게 균형을
유지한다.

소년·소녀가 함께 나오는 성장소설로는 뻔뻔하게도
내 책을 권하고 싶다.《XX같지만 이건 사랑 이야기》라는
소설로, XX에는 당신이 원하는 무엇을 넣어도 된다.
1990년대에 청소년기를 맞은 두 주인공 수미와 병선은 둘
다 약점이 있다. 수미는 부모님이 운영하는 편의점에서 파는
음식을 하도 먹어대 70킬로그램이 넘는 몸무게 때문에
골치를 썩고, 병선은 우유를 하루에 1리터씩 마셔봐도
160센티미터대에서 더 자라지 않는 키가 고민거리다.
1980~1990년대를 지나온 분들이라면 기억하겠지만 당시
잡지 맨 뒤편에는 '펜팔 친구'를 찾는 광고가 자주 실리곤
했다. 수미와 병선은 영화 잡지 〈로드쇼〉의 펜팔 코너를
통해 서로를 알게 되지만, 수미는 자신의 체격을 속이고
병선은 자신의 키를 숨긴 채 점점 가까워진다. 오랜 편지
왕래를 통해 알지 못하는 상대에 대한 기대가 풍선처럼
부풀고 또 부풀다가 마침내 그 풍선은 터져버린다.

그러나 사실 최고의 성장소설, 청춘소설은 모두

자기 자신의 삶이다. '내 이야기 다 풀어놓으면 소설책 열 권이다'라고 생각하는 분들은 자신만의 성장소설을 써보길 권한다. '글은 아무나 쓰나, 나는 글쓰기에 아무 재능도 없고 자신도 없다'고 생각하는 분께는 맨 처음 소개했던 김연수 작가의 글을 권하고 싶다.

그러므로 쓰라.

재능으로 쓰지 말고,

재능이 생길 때까지 쓰라.

작가로서 쓰지 말고,

작가가 되기 위해서 쓰라.

비난하고 좌절하기 위해서 쓰지 말고,

기뻐하고 만족하기 위해서 쓰라.

고통 없이, 중단 없이,

어제보다 조금 더 나아진 세계 안에서,

지금 당장,

원하는 그 사람이 되기 위해서,

그리고 원하는 삶을 살기 위해서.

날마다 쓰라.

김연수, 《우리가 보낸 순간》 중에서

귀엽고 사랑스런
'천재 소년 두기'를
기억하시나요?

간혹 연예인 중에 '팬'까진 아니지만 '편'을 들어주고
싶은 사람을 볼 때가 있다. 텔레비전을 거의 보지 않아 아는
연예인이 그다지 없는 나에게도 그런 사람이 하나 있는데,
바로 미국 배우 닐 패트릭 해리스다. 흔히 NPH라고 한다.
1970~1980년대생이라면 텔레비전 드라마 〈천재 소년
두기〉에서 십대 소년이지만 천재적인 두뇌를 가져 꼬마
의사로 활약했던 그를 기억할 것이다. 드라마는 하루하루
많은 것을 배워나가는 어린 두기 하우저가 DOS 체제로
운영되는 컴퓨터로 일기를 쓰는 장면으로 끝나곤 했다.

드라마가 종영하면서 귀엽고 사랑스러운 두기 하우저를
더는 볼 수 없게 되어 기억의 뒤안길로 사라지나 싶었다.
그러나 드라마 〈내가 그녀를 만났을 때〉에서 전설적인
바람둥이 바니 스틴슨을 연기하면서 아역 이미지를 완전히
버리고 다재다능한 연기자로 자리매김했다.

　　그가 맡은 바니 스틴슨은 여성과 잠자리를 갖기 위해
그 어떤 짓도 마다하지 않으며(본인 주장으로는 여성 200명과
성관계를 가졌다고 한다), 서른 살이 넘은 여성과 뚱뚱한 여성은
사람 취급을 하지도 않는 인물이다. 그럼에도 미워할
수 없는 구석을 가진 희한한 인물인데, 이런 날건달이
사랑스러워 보이는 데는 닐 패트릭 해리스 개인의 개성이
단단히 한몫한다. 그는 2006년에 공개적으로 자신이
동성애자임을 밝혔는데, 2011년 동성 결혼이 합법화된 이후
2004년 이래 사귀어 온 연인과 결혼식을 올렸고, 대리모를
통해 아이들을 얻어 행복한 결혼 생활을 유지하고 있다.

　　닐 패트릭 해리스가 게이에 대한 부정적 인식을
어느 정도 누그러뜨릴 수 있었던 데는 그가 부모(이 경우엔
父父겠지만)와 자녀로 이뤄진 미국의 전통적 가족상에 완벽히
부합하는 가정을 꾸렸고, 또 이 가정에서 헌신적인 가장
역할을 충실히 하고 있다는 사실이 알려져서다. 그렇기에

그가 연기한 바니 스틴슨이 아무리 혐오스러운 짓을 해도 그런 일이 실제로 일어나지는 않을 것이라고 안심한 채 신나게 날뛰는 닐 패트릭 해리스를 볼 수 있는 것이다. 그의 코미디언 재능이 가장 빛날 때는 바로 자기 자신을 웃음거리로 만드는 순간인데, 이것이 쉬워 보이지만 실은 매우 어려운 일이라는 점에서 그의 유머감각을 잘 알 수 있다.

〈내가 그녀를 만났을 때〉에서 아버지 없이 어머니 손에 자란 바니 스틴슨은 어머니가 중병에 걸렸을 때 편안히 세상을 떠날 수 있도록 연극배우를 고용해 약혼녀라고 인사시킨다. 그런데 웬걸, 어머니가 너무 기쁜 나머지 거뜬히 병을 이겨내고 만 것이다. 결국 시간이 가면서 어머니에게 화목한 가정 모습을 보여주기 위해 자기 아들 역을 할 아역 배우를 직접 섭외한다. 그런데 죄다 마음에 안 든다며 "아역 배우는 1980년대가 최고였어"라고 능청스럽게 자신을 추켜세우기도 한다.

다른 에피소드에서는 〈천재 소년 두기〉에서 쓰던 음악을 그대로 깔아놓은 채 오늘도 어떻게 여성들과 신나게 어울렸는지를 쓰며 카메라, 곧 시청자를 장난스럽게 쳐다본다. 그날 있었던 배울 거리를 일기로 쓰는 두기 하우저의 모범생 같은 모습을 셀프 패러디한 것이다.

한국계 배우 존 조가 주연을 맡아 우리에게도 친숙한 영화 〈해롤드와 쿠마〉 시리즈에서 그는 닐 패트릭 해리스 본인 역을 연기하는데 마약에 절어 있는 할리우드 스타의 모습을 실감나게 보여준다. 3편에서는 실제 배우자와 함께 출연한다. 연극 무대를 마친 후 반려자와 정열적으로 키스하지만, 대기실로 들어가자마자 문을 쾅 닫고 그를 밀치면서 "내가 혀 넣지 말라 그랬지, 이 ○○야!" 하며 화를 낸다. 한마디로 그들의 부부 생활은 사람들에게 좋게 보이기 위한 설정이라는 것. 그가 "마약을 주지 않겠다"고 협박하자 닐 패트릭 해리스는 바닥을 기며 약을 달라고 애원하기도 한다. 그뿐 아니라 자신이 게이라는 점 때문에 그에게 전혀 경계심을 갖지 않는 아름다운 코러스 걸에게 뮤지컬에 대해 지도해줄 테니 대기실로 오라고 꼬드긴다. 그러고는 사실 자신은 게이가 아니라고, 여자를 유혹하려면 게이인 것이 편하기 때문에 그런 척하는 것뿐이라고 신나게 비밀을 늘어놓는다. 이쯤 되면 자신을 농담 소재로 삼는 데는 거의 도통한 셈이다.

이런 번뜩이는 유머감각 말고도 닐 패트릭 해리스의 재능 중 하나는 춤과 노래다. 게이들이 유독 뮤지컬을 좋아한다는 이야기가 있지만, 닐 패트릭 해리스의 활약을 보면 정말 그런가 보다 싶을 정도다. 〈내가 그녀를 만났을 때〉에서도 여자나 보석이나 돈보다 멋진 슈트가 좋다는 노래를 부르며 한 에피소드를 어엿한 뮤지컬로 장식하기도 했고, 브로드웨이 뮤지컬 〈헤드윅〉에서 헤드윅 역할을 맡아 2014년 토니상을 받기도 했다. 2009년부터 몇 년간 토니상 시상식의 단골 사회자로 활약했는데, 토니상 시상식에서 사회를 보는 그의 모습을 보면 말 그대로 물 만난 물고기 같다. 능청스러운 사회 솜씨는 기본이고 춤과 노래, 쇼맨십을 완전무결하게 발휘해 토니상 시상식 오프닝을 언제나 축제 분위기로 만들어놓는다. 2012년 토니상 시상식 오프닝은 아예 하나의 공연으로 만들어 고작 오프닝일 뿐인데도 전 관객에게 기립 박수를 받아냈다.

'흥부자'라는 말이 있는데 닐 패트릭 해리스야말로 보면 볼수록 흥이 넘치는 사람이라는 생각이 든다. 2013년 영화 〈아론과 사라〉를 감독했을 정도로 다재다능한 데다 2014년 펴낸 자서전은 희한하게도 '게임 북'으로 구성했다. 컴퓨터가 없던 시절 어린이들에게 인기를 끌었던 '페이지 어드벤처'로, 선택지를 주고 무엇을 선택하는지에 따라 이 페이지 저 페이지로 옮겨 다니며 모험을 하는 형식인데,

본인 자서전을 이런 식으로 펴내다니 정말이지 별난 사람이 아닐 수 없다.

'만능 엔터테이너'라는 흔한 말이 있지만 어쩐지 그에게는 어울리지 않는 것 같다. 아역 배우로서 겪은 슬럼프, 사람들이 경원하는 게이라는 정체성 등을 모두 딛고 올라 유쾌한 얼굴로 춤추고 노래하는 진정한 광대랄까. 그의 연기를 보고 있으면 세상이 조금은 즐거운 곳 같은 생각이 들 때가 있다. 그리고 이런 착각을 줄 수 있는 배우란 참 귀하다는 마음도 든다. 아마 나는 앞으로도 내내 그가 나를 속여주기를 기대할 것만 같다.

지지 마, 당신

1판 1쇄 찍음 2019년 11월 25일
1판 1쇄 펴냄 2019년 12월 1일

지은이 김현진
펴낸이 천경호
종이 월드페이퍼
제작 (주)아트인
펴낸곳 루아크
출판등록 2015년 11월 10일 제409-2015-000020호
주소 10083 경기도 김포시 김포한강2로 208, 410-1301
전화 031.998.6872
팩스 031.5171.3557
이메일 ruachbook@hanmail.net

ISBN 979-11-88296-35-4 03810